臺灣的語言文字

蘇菲亞著

作者序

一位沒沒無聞兮教官，因為宦途受創，寫作療傷，因為紀念亡父，無意間發現歷史大秘密，作品竟然掀起台海兩岸政治波瀾，值2004年網路論壇，以新穎、特異兮論點，吸引台海兩岸政壇注意，2005年前往大陸網易論壇發展，提出「漢人復國於台灣」，於大陸政論網路紅極一時，至2005年9月之後遭到紅軍封殺，不得不沉寂，沉潛作畫。

感謝網友—平埔兮讀冊人—姚藤揚漢醫指點，姚藤揚家傳漢醫，熟讀醫經，故而知也正確兮文字，與姚藤揚往返，本人頓悟澈悟，原來咱台灣漢人兮文字保存之醫冊偕佛經內底。

姚藤揚漢醫不若指點我漢字，也要出資幫贊我出電子冊，知音美意實在使人感動，為著避免牽累姚藤揚仙，我曾經向文建會申請，仰望文建會資助出冊計畫，無奈遂無下落，靜待四年之後，網友烏老闆介紹秀威出版社，本人硬擠稍許私奇錢出茲本冊。

茲本台灣兮語言文字只是蘇菲亞文集其中一小部分，仰望日後兮當一部接一部，完成蘇菲亞文集所有兮作品，製成一片光碟。

更加仰望政府兮使成立編纂字典小組，將東漢以後兮字典逐一作一兮整理，一來證明台灣人使用兮語言文字傳承自東漢，一點兒都不精差，二來證明漢文毀之於清乾隆帝，三來找尋歷史謎團，說文解字為何於清乾隆帝之時達於鼎盛，本人將窮畢生追尋此一歷史謎團。

茲兮蘇菲亞文集光碟是融合史學、文學、兵學、小學、美學、雜學等文章兮現代化電子冊，評論文章

[蘇菲亞看台灣]於2004年轟動台灣政論網路，影響2004年台灣總統大選，2005年爆紅於大陸政論網路，影響大陸青年學子兮思想，茲是一片將會改變兩岸未來廿年命運兮電子冊，世界政治舞台將因[蘇非亞看台灣]光碟而重新洗牌。

大陸網友評論茲是一本奇冊，歷史上從未出現女性談論兵學，蘇菲亞創造兵法文學新園地，將於文學史大放異彩。

回想過去幾年兮際遇，一篇一篇兮文章攏影響著兩岸政局，家己攏感覺不可思議，初次出冊，謬誤在所難免，仰望諸位不吝指教，本人虛心受教。

蘇菲亞2008/9/27

目次

一、阿共兒兮卵葩

外交部長陳唐山批評新加坡如「鼻屎」、扶阿共的「卵葩」，此話一出舉國譁然，「卵葩」兩字在有聲媒體消音，一律以「LP」代替，藍軍窮追猛打，蔣經國的庶子章孝嚴稱其粗俗、低俗，不屑的神情溢於言表，陳唐山被迫道歉，總統府立刻出面滅火，綠軍群臣尷尬，手足無措。

藍綠兩軍敵我消長的局面讓人感慨萬分，陳唐山「卵葩」之語，瞬間傳播海外，在十五億華人的眼裡，恐怕媒體的反應與台灣人的感覺大異其趣吧！

大多數的台灣人大概和我一樣，含著眼淚，帶著微笑，這是多麼熟悉的語言啊！

我們的外交部長說著最底層老百姓的語言，說著街里巷弄到處都聽得到的語言，台灣的官員不再說一些老百姓聽不懂的官腔官調，不再說一些文謅謅的雅頌之語，我非常欣慰新政府的官員如此富有古樸之風，但是，這樣樸實的官員不僅自異於綠軍，同時遭到媒體無情的抨擊，內外夾擊被迫道歉，朝野兩軍對台灣的語言無知至此，我要怎樣才能表達出無盡的悲傷呢？

三千年前的莊子與東郭子對談的時候，東郭子問莊子：「什麼是道？」

莊子說：「道在螻蟻。」

東郭子很疑惑，問：「為什麼這麼卑微呢？」

莊子又說：「在鵜椑。」（比螻蟻更微小的動物）

東郭子更疑惑，再問：「為什麼這麼低賤呢？」

莊子冷冷的說：「在屎尿。」

東郭子以為莊子捉弄他，不說一句話。

三千年前的莊子已經告訴我們，所謂宇宙萬物不窮的道理，就在你我的屎尿之間，換一句話說，「道」就是存在平凡的日常生活之中，何必外求呢？

詩經裡有風雅頌三種文體，而民間的風俗禮儀居其冠，其次為士大夫的雅言，帝王之家的頌語敬陪末座，古人從經書的編排告訴後人，民間的風土人文才是國家社會的命脈。

每一個王朝的滅亡都是從蔑視人民見出端倪，章孝嚴不屑的表情，自然的顯露一個即將熄滅的王祚，崇仰帝王的頌語，而蔑視民間的人文，藍軍傲慢至此猶不自知，夫復何言？

從詩經這本古老的經書可以考察出台灣話保留許多古文古語，菜市場常見的空心菜，台灣話說「蕹菜」，杏菜台灣人說「莧菜」，莧菜和蕹菜一樣，都是便宜又常見的蔬菜，原文、原音絲毫無差源自三千年前的詩經，台灣人說古語、用古文，從日常生活中尋常可見三千年前的古跡，台灣人的歷史文化淵遠而悠久，台灣人才是五千年漢人文化的正朔啊！

而綠軍身懷其璧而不自知，無知至此，能怪藍軍如此傲慢對待嗎？期待台灣人藉由陳唐山的「卵葩」事件，從人人都興趣盎然的生殖器官開始，台灣人對自身的語言文字應有更深入的了解。

事實上，卵葩不是常見的用語，街井市民最常用的是「扶大箍卵」，與北京話的拍馬屁意思一樣，但是台灣話更傳神，你覺得呢？

卵屌同卵鳥

卵核：男性的睪丸

卵蔓：男性的陰毛（台灣人常用這個名詞形容男童調皮）
卵脬：男性的陰壞
台灣的諺語說：未曉泅，嫌卵葩大球
「牽拖」是這個諺語的歇後語
另外窒歪嫌尿桶漏的歇後語也是「牽拖」
未曉生嫌茨邊一樣是[牽拖]的歇後語

女性的生殖器也有文字乎，「窒屄」兩字在古書裡處處可見乎，可見古人常將生殖器官的名稱掛在嘴邊，蔚為風氣。

題目「阿共兒兮卵葩」中的兮，同北京「的」，是連接詞，兮在詩經尋常可見，通常是虛字，語尾助詞，類似今天啊、呢，兮字語意用法因為時代變遷，古今已然迥異，這是非常正常的。

以上的語文你了解了嗎？

是不是傳神又有趣呢？

（2004/09/29）

二、看著LP我就心狂火熱

先來一段說文解字吧！台灣人說「心狂火熱」的意思有「氣炸了」或是「非常急迫」等多重意思，標題：看著ＬＰ我就心狂火熱，用北京話說，就是看到ＬＰ我就非常生氣，外省人不懂台灣的語言文字，千萬不要扭曲，網友也千萬不要誤會這是色情文章，本人嚴守禮教，婚姻非常幸福的。

開個玩笑，言歸正傳，自從陳唐山部長「扶卵葩」事件名揚國際之後，台灣媒體一律以「ＰＬＰ」代表「扶卵葩」三個字，連網路上都如此，唯一勇敢唱聲「扶卵葩」就是「扶卵葩」的人只有汪笨湖先生。

吳祥輝先生說汪笨湖是台灣義和團，雖然過分了一點，其實有幾分道理，但是「扶卵葩」事件，在一片「ＰＬＰ」聲中，聽到汪笨湖先生勇敢唱聲「扶卵葩」，本人鬱積的心肝一下子感到神清氣爽。

什麼時候，台灣人才願意正視台灣的語言文字？
什麼時候，台灣人才不必遮掩台灣的語言文字？
什麼時候，台灣人才不會用英文字ＬＰ代替台灣的語言文字？
什麼時候，台灣人才願意大聲說出來「卵葩」就是台灣的語言文字？
不管藍軍綠軍，沒有人願意直接說出來「卵葩」兩個字，卵葩兩個字真是如此不堪嗎？
北京文化的文學代表作「紅樓夢」中王熙鳳的丈夫，怎麼描述「卵葩」大家知道嗎？
這是中國四大古典文學名著喔！曹雪芹大膽描述男性的生殖器官，而不影響紅樓夢的文學價值，金瓶梅裡面描述男歡女愛的情節，大膽的程度不輸給現代人，這些情色的語言文字並不影響金瓶梅的文學價值，反而千古傳唱不止，為什麼一個單純的「卵葩」名詞，台灣人不敢直視，台灣人必須遮遮掩掩用「ＰＬＰ」代表，有人一談到「ＰＬＰ」就遮著嘴笑，我一看到「ＰＬＰ」就火大。

古人說男人的生殖器是陽具，說女人的生殖器是陰戶，陰陽調和，天地才能和諧，所以滋陰補陽是漢人飲食的基本態度，古人視生殖器官為非常神聖的人體器官，甚至產生膜拜生殖器官的習俗，漢人說行周公之禮以傳宗接代，陰陽交配是多麼神聖的行為啊！為什麼有人覺得不堪呢？

大家看到「卵葩」，有什麼感覺？大家看到「奇葩」，又有什麼感覺？奇葩不就是異於常人的卵葩嗎？

大家看到「禍根」，有什麼感覺？大家看到「禍水」，又有什麼感覺？男的是「禍根」，女的是「禍水」，古人白描性器官如此直率。

大家看到「穴道」，有什麼感覺？

大家看到「風流穴」，又有什麼感覺？

風流穴不就是人類諸多穴道中，一個掌管風流暢快的穴道嗎？文學史上四大著作的西遊記，描寫豬八戒悠遊蜘蛛精的風流穴，後世文人以文會友，引為雅事。

大家看到「不舉」，有什麼感覺？

大家看到「壯舉」，又有什麼感覺？

不舉與壯舉不都是在描述卵葩的功能嗎？

為什麼不舉與壯舉的的感覺差異如此懸殊呢？

因為不舉純粹指的是男人性功能萎縮，而壯舉已經從物質層面引伸到哲學境界，由於哲學的美好形象，提升了壯舉這個名詞在人們心目中的印象。

從壯舉、不舉、卵葩、奇葩、禍根、禍水、風流穴這些名詞可以知道，語言莊不莊重並非單個名詞決定，而是看字裡行間的詞意。

行文的人態度莊重，即使言詞卑劣，卑劣的言詞反而襯托出嚴肅的態度，陳唐山部長就是用卑劣的言詞表達一個嚴肅的態度。

相對的，行文的人態度卑劣，即使言詞優雅，優雅的言詞反而襯托出虛假的態度，目前，台灣媒體人就是用優雅的言詞表達一個虛假的態度。

英國著名文學作品《傲慢與偏見》，就是在諷刺貴族優雅的行為，虛假的內心，隱藏著一顆顆寂寞的靈魂。

全世界任何一個民族，他的語言都有優雅與卑劣的一面，能夠全面接受母語卑劣的一面，才算是一個有自尊心的民族。

台灣人，你認為卵葩是卑劣的台語嗎？

台灣人，你願意接受台語卑劣的地方嗎？

台灣人，你願意正視台語卑劣的地方嗎？

台灣人，你願意大聲說來出卑劣的語言也是我的母語嗎？

如果願意，這樣才是一個有自尊心的台灣人。

（2004/11/05）

三、縮減文言文之我見

教育部新高中國文課程暫行綱要出爐，大幅縮減文言文比重，提高白話文與本土文學比重，中國文化

7

基本教材必修改為選修，部分國文教師質疑課程變更是為「去中國化」，國文教師抗議醞釀串連，要求教育部重開公聽會，修改國文課程綱要。

當我看到這條新聞，只覺得荒謬的不知道要說什麼。

民進黨政府完全不知道「文化」是什麼？什麼是文化？

民進黨政府完全不知道「語言」是什麼？什麼是語言？

民進黨政府完全不知道「中國」是什麼？什麼是中國？

中國=共產黨=北京話=白話文=五十五年

中國=國民黨=北京話=白話文=九十三年

漢人≒台灣人=台灣話≒文言文=五千年

中國≠文言文≠五千年

去文言文=去台灣文化=自殺

這些公式民進黨政府知道嗎？

民進黨政府知道「白話文」是國民黨的文化嗎？

民進黨政府知道文言文才是台灣人的文化嗎？

台灣人說的正是文言文啊！四百年以前漢人說的話，就是寫在古典書籍中的文言文，今天大家之所以覺得文言文艱澀拗口，是因為四百年來在滿人的殖民政策之下，大家都說北京官話，忘記漢語，語言與文章脫節，大家才覺得文言文艱澀。

如果你是台灣人，應該知道台灣人的語言和文言文差不多，台灣人天天都在說文言文，例如：

漢語「一尾魚」，北京語「一條魚」。

漢語「連鞭」，北京語「馬上」。

漢語「即是」，北京語「正是」。

漢語「報馬」，北京語「打報告」。

漢語「聽有否？」，北京語意思是「聽懂了沒有？」

漢語「食了未？」，北京語意思是「吃飽了沒有？」

漢語「糴米」的「『糴』，語出春秋穀糧傳，台灣人沿用漢文糴米到今天，北京語是買米。

漢語「孤不離眾」，北京語「不得已」。

漢語「濟少」，北京語「至少」。

漢語「人才濟濟」，北京語「人才多多」。

漢語「濟少」，北京語「多少」。

漢語「箸」，北京語「筷子」。

漢語「鼎」，北京語「鍋子」。

漢語「吾偕爾」，北京語「我和你」。

漢語「佳哉」，北京語「幸好」，佳哉文字已經失落，只剩下歌兒戲團保存在戲曲之中，台灣的民間以「好加在」諧音取代佳哉。

漢語「稍許」，北京語「一點點」，稍許文字已經失落，只剩下歌兒戲團保存在戲曲之中，台灣的民間以「少寡」諧音取代稍許。

漢語「否？」，北京語「嗎？」否文字已經失落，只剩下歌兒戲團保存在戲曲之中，台灣的民間以「麼」諧音取代否。

漢語「闌珊」，北京語「零用錢」

闌珊文字取自宋詞：青玉案　元夕--辛棄疾

「東風夜放花千樹、更吹落、星如雨、

寶馬彫車香滿路、風簫聲動、玉壺光轉、一夜魚龍舞。

蛾兒、雪柳、黃金縷、笑語盈盈暗香去、

眾裏尋他千百度、驀然回首、那人卻在燈火闌珊處。」

闌珊處指燈火零落冷清之處，漢人認為阿堵物不願明指，以闌珊之詞代替，多麼典雅。

漢語「夯枷」，北京語「自找罪受」，夯枷的意思是說自己拿一個枷鎖套脖子，古時候犯人脖子的刑俱稱枷，腳上的刑俱稱桎，手上的刑俱稱梏，腳上的鍊子稱鎖，引申出來桎梏，梏刑，台灣民間的鄉下人常以梏刑形容一個人手段殘忍、過分。

漢語「矣」，北京語「了」，子曰：「雖千萬人，吾往矣！」矣是語尾助詞，遍佈古文經典，至今保存在台語之中，許多台灣話都有矣這個助詞，比如：「我做祖矣！」意思是說我做祖父了。

「漢語『鰲』，北京語『很棒』，『鰲』台灣話是能幹，厲害，的意思，鰲到擋末著的意思是厲害得不得了，所向披靡，無人能擋。」

台灣人稱讚某人能幹為鰲，遍尋各家辭典，有稱爻，有稱敖，本人認為鰲比較貼近。

蘇菲亞一直非常迷惑，為什麼漢人稱讚人家聰明能幹要用「鰲」這個字，翻閱諸多字典，才豁然開朗。

獨占鰲頭：中了狀元。科舉時代，進士中狀元後，立在殿階中浮雕巨鰲頭上迎榜，故稱為「獨占鰲頭」。後亦稱在競賽中獲得第一名。

元・無名氏・陳州糶米・楔子：「殿前曾獻昇平策、獨占鰲頭第一名。」

明・謝讜・四喜記・第十六齣：「一戰勝群賢，獨占鰲頭高選。」亦作「獨占鼇頭」、「占鰲頭」、「鰲頭獨占」、「鼇頭獨占」。

漢語「盍」，北京語「敢是」，「盍通？」，意思是敢是合理？「盍」字在論語出現頻繁，與甘同音，是漢語文常見的語音文。

漢語「蚼蟻」，北京語「螞蟻」，蚼蟻語出莊子，翻遍八大語系，只有台灣人說的漢語出現蚼蟻這個古典的語音。

類似這樣的語言文字，台灣人天天說著文言文的雅語頌音不勝枚舉，俯手可得，大家何不比較一下哪一個貼近文言文？

研讀文言文正是在彌補斷層的台灣文化，如果恢復台灣人的語言文化，讀古文何難之有，今天大家讀古文之所以感到艱難，是因為漢語失落了四百年的緣故，是因為漢人失落政權四百年的緣故，身為漢人不思重振文化，反而欲消滅文言文的文化，這是子孫該有的行為嗎？這是違逆天倫的行為啊！

漢文保存在漢語之中，也就是今天的台語，全球十四億漢人，如今只剩下一千七百萬的台灣人說著正統的漢家官方語言，全球十四億漢人應該傾全力保存一千七百萬台灣人說的漢家正統官方語言，這是神聖的歷史使命啊！

大家看布袋戲嗎？大家看歌兒戲嗎？

在台灣沒有人用漢語演講，這是多悲慘的事，台灣語言當然不等於文言文，但是請大家仔細聽，台語的語法與文言文是一樣的。

漢人說的語言百百種，有湘語、豫語、魯語、晉語、韓語、魏語、川語、長安語等等，其中一種神聖不可侵犯的官方語就是漢語，所有的漢人說的話並非叫做漢語，漢語不是通稱，而是一個專有名詞，單指一種語言，就是今天台灣人卑微的活著，忍辱負重，備受各方政權打壓，也要傳承一點點漢文化血脈下去的台語。

過去五千年，文人墨客以官方語言寫成文言文紀錄下來，成了今天大家研讀的古文，對於繁或簡的爭端，是非常重要的文化尋根運動。

台灣人不是說閩南語，台灣人說正宗的漢語，蔣介石強加給台灣人說閩南語的烙印，為的就是剝奪台灣人在文化語言上正宗的標記，然後鳩佔鵲巢，鞏固蔣介石政權的正統。

亞洲地區，保留古代漢語的地方只有台灣而已，福建、廣東保留古代漢語沒有台灣人多，陝北、甘肅一帶，以及其它地方，保留古代漢語也沒有台灣多，這些地方都不是純正的漢語，因為這些地方的語言都沒有被文人以文字紀錄在書上。

教育部新高中國文課程暫行綱要裡刪了一些文言文，加了一些北京文（也就是鄉土文學），讓人渾身不自在，增加文言文比重都來不及，怎麼反而刪除呢？所謂台灣的鄉土文學正是國民黨的北京文化啊！

一九六六年五月至一九七六年十月，中國發生文化大革命，去古文運動廿年，一直到十年前，中國才恢復古文課程，但是為數極少，中國人的古文斷層了三十年。

如今，台獨表面抨擊共產黨，實際卻與共產黨站在一起，去古文運動，到底這是怎麼了？

民進黨到底在破壞台灣文化，還是在保護台灣文化？我都抓無髮頭！現在的學生學文言文，不會用台語念，難道台灣人不認為很悲慘嗎？用北京語念文言文，台灣人不覺得心痛嗎？

今天我看台灣高峰會，楊憲宏用國語批判台灣語言悲慘的遭遇，老實說，我非常心痛，這是多麼荒謬的畫面！

民進黨政府做的是提升國民黨的「北京文」比重，壓縮台灣人的文言文比重，民進黨政府在做親快仇痛的事，自己知道嗎？

這是什麼？

是西班牙革命的第五縱對嗎？

還是台灣版的文化大革命？

我簡直驚訝的說不出話來！

（2004/11/26）

阿潘・tw（juppie9068）：

民意論壇六月五日蘇菲亞所著「縮減文言文比重之我見」一文所採取的觀點我有意見。第一，即使台灣話保留最多古文，也不該勉強我們的孩子有過多比重學習那已經缺乏時代性的語文。

第二，即使台灣話保留相當多古漢語的用詞、發音，頂多證明很早就被文化「殖民」，不代表那是台灣人祖先的一系，古越人的原始語言。

台灣還有很多人中了連橫的毒，還以為台灣話的每個音都可以找到對應的漢字，這包括許多語言學家，想盡辦法替台灣話的音找奇奇怪怪的漢字，找不到還自行創造，其實「外來語」才會找到對應的漢字，勉強找古越的漢字與現代英國人以為「幽默」或「杯葛」也是他們使用漢字的證明，不都一樣是笑話嗎？採用這種觀念的人一定要有一點簡單的語言學概念，他們一定要想到正因為你是邊陲文化，是被主體文化「殖民」的，才會保留那麼多沒有參與演變的語文「遺跡」。舉個最簡單的例子，李登輝（新聞、網站）這輩受過日本教育的台灣人，所用的日本字，所說的日本話，都是二次大戰前的「老」日本語文，現在的日本人聽起來一定感覺怪怪的。你能說正因這種日本話古老，所以它才是比現代日本人更正統的台灣人的原始語言嗎？台灣現在又被中國人用北京話「殖民」了，它還是外來語，但因為幾十年來不參與「國語」的演變，所以中國人現在聽台灣的「國語」已經開始怪怪的，正可以證明。

多數台灣人的祖先是百越人，被文化殖民之後卻都以為祖先來自中原，還以此為榮，而在建築或墓碑中故意刻上中原的祖籍，除了顯示「不忘本」之外，不是也有一點自視高貴的意思在嗎？這是中原漢人的思維，也是虛誇，正如現在的台灣新住民也自視高貴，有些不上道的「高等台人」也會故意說得一口北京腔調，以顯示和台灣「畫清界線」，當年被洗腦，我自己都有經驗。可知道祖先原來也是如此被「下毒」的，過去就算了，這一代的人有機會透過學術研究還祖先原來面目，就不要繼續錯誤下去了。

語文觀念不也是如此虛誇嗎？好像找到自己的用詞比現代中國人更古老，就可以顯示自己的高貴，甚至比正統中國人還正統還高貴，有必要嗎？日本字用「湯」字的意思就比現在的中國字更古老，現在日本人把東西「贈」人不說「送」人，因為「送」專指「送行」不是「餽贈」。這種

「贈」、「送」不分在中國詩經已經混淆了，今天日本人還分得清清楚楚，難道日本人也要因為古老而學很高比重的文言文？

文字有其傳承，台灣現在用的中文還有許多與古老文化難以割捨的成分，所以適度學習一點文言文倒也不必反對，只不過以中過毒的歷史文化觀念來討論如今的語文政策，雖然愛台灣的心可以感念，但因此而誤導現在的語文政策倒是不希望發生的。

（作者為退休教師）

Sofia：

希望阿潘．ｔｗ（juppie9068）幫我回覆到台灣日報，我的電腦時常故障，傳不上去，針對這位老師的意見，我的回覆如下：

第一，即使台灣話保留最多古文，也不該勉強子孫學習缺乏時代性的語文。那麼這位老師不贊成文化傳承，是嗎？

第二，即使台灣話保留相當多古漢語，頂多證明很早就被文化「殖民」，不代表那是台灣人祖先的一系，古越人的原始語言。

這位老師搞不清楚殖民與被殖民的主客地位，台灣話保留相當多古漢語，證明台灣是漢語的主人，怎麼是被文化「殖民」呢？

再說古越語與漢語是兩支不同的語系，這位老師搞混了吧！

第三，台灣話百分之九十五可以找到對應的漢字，只有百分之五是外來語，這是自哥倫布發現新大陸之後，開啟殖民時代，全球各地每一個國家都有外來文字，不是台灣特有的現象。

第四，多數台灣人的祖先是百越人，這是蔣介石刻意扭曲的說法，台灣人的祖先是漢人，歌謠唐山過台灣就是鐵証。

第五，在建築或墓碑中故意刻上中原的祖籍，這是台灣四百年的風俗，證明台灣人是漢人。

第六，中國字不古老，中國字是北京字，只有五十五年的共產黨，與九十四年的國民黨。

第七，「贈」、「送」在漢人詩經已經混淆了嗎？請舉例好嗎？我沒看到詩經中贈送不分的現象。

第八，中國沒有詩經的，漢人才有詩經。

第九，學習文言文，就會中毒歷史文化，誤導的語文政策？這是什麼話？和共產黨文革時期的觀念沒兩樣，這位老師是台灣人嗎？

（2005/06/07）

深夜中的低迴（shichn）：

來台灣的漢人六死三留一回頭，活下來到台灣的不到一半，就算到台灣也只是少數族群，如何可以成為主體？

台灣人大部分是土生土長的原住民，漢人血統有可能，不過極少，事實上歷代殖民者都會留下他們的血統，中國不過其中之一而已，大多數台灣人之所以漢化，是因為中國人是個意識形態至上的民族，所以硬是強迫台灣人放棄了傳統文化，所以台灣人對中國人的恩怨也相對加深。

Sofia：

一個地區形成文化並非以血統為主，而是以思想為主，來台灣的漢人雖然在當時是少數族群，但是漢人優秀的思想同化土著，所以土番漢化，中國人是個意識形態至上的民族，你也承認喔！

但是我不認為漢人意識形態至上喔！我一直將中國與漢人分得清清楚楚，中國強迫台灣人放棄漢人傳統文化，所以台灣的漢人對中國人的怨恨相對加深，這一點我是贊成的。

（2005/06/08）

四、矣乎！（唉唷）妳是外省人乎？

一位國民黨黨官，也是知名的女記者陳鳳馨，在一個電視政治評論節目中談到，她的一位好朋友，在許多年之後才發現她是外省人，驚訝的說：「啊！妳是外省人乎？」

朋友的語氣令這位黨官記者臉上的表情非常的複雜，有一點沮喪，有一點懊惱，好像也有那麼一點心虛虛的感覺。

這位女士看起來裝扮雅致，談吐得體，應該是受過良好的教育，過著不錯的生活，然而，優雅的外貌下，臉上的神情卻掩藏不住一點點的不安，廿年以前，這樣的表情通常是在本省人的臉上才看得到的。

廿年前，我剛從南部上台北讀大學，感覺上，台北到處都是外省人，從說話的口音，一眼就看得出來誰是本省人，誰是外省人，本省人說國語看在外省人的眼裡，和南部人說英語看在北部人的眼裡是一樣的

「俗壁壁」。

本省人因為語言的劣勢，善良的人表現出自卑與謙虛，剛烈的人當然不善罷甘休，憤怒與反抗成為極自然的反應。

因為語言的優劣勢，族群之間形成一道非常深的鴻溝，外省人的優越感瀰漫在生活中，連呼吸都感覺得到外省人這股優越的氣息。

曾幾何時，一部台灣霹靂火的本土連續劇，把台語炒得火紅火熱，不會說台語，變成「俗壁壁」的時尚，宋楚瑜一句「妳在漫衫褲」，因為語言的隔閡，變成「妳在脫衫褲」，外省人說台語，惹得本省人哈哈大笑，原來外省人對語言也是很笨拙的，廿年前本省人對語言的尷尬與自卑，時移境遷到外省人的身上。

隨著台商的經濟發展，大陸對台語已經日見熟悉，富裕的台灣使用的台灣語言，在大陸人的眼中代表著一張張白花花的銀票，台語在中國大陸形成一股時尚風，這可能是台灣人所始料未及的。

一千五百年前，富裕強盛的唐朝，曾經威儀東方，亞洲各國無不臣服於唐朝的政治、經濟、軍事與文化。

以今天強盛的日本為例，日本的語言與文字至今還殘存著漢語的痕跡，日語中，簡單的一二三四，是以台語的一二三四語音為基礎衍生而出的，日本的文字，眾所週知，平假名和片假名也是由漢文衍生出來的，日本的高層知識分子熟習漢文，成為貴族特有的文化。

不僅日本如此，與日本是世仇的韓國也是如此，正在台灣播得火紅火熱的韓劇張嬉嬪，劇中韓國的皇帝甚且非漢文不識的，皇家與大臣師事漢文漢語，是這個國家的貴族文化。

韓國的首都就叫漢城，韓語公主兩字的發音與台語一模一樣，因為韓國人來自山東省，其文化語言皆來自古老的漢民族。

透過國家地理頻道，發現越南人口中的天眼通、天耳通與台語一模一樣。日本如此，韓國如此，越南如此，亞洲各國的皇室貴族必須讀漢文、說漢語亦是如此，這和今天大家拼命學習英語的動機是一樣的。

漢語的傳佈因為滿清入關，中斷了四百年，四百年後的今天，東南亞各國的勞工以到台灣工作為榮，大陸人偷渡到台灣掏金蔚為風氣，外勞和偷渡客，變成台灣另一個社會問題，台灣政府抓不勝抓，廿年前，台灣警察以德森密羊奶粉廣告辨識大陸偷渡客，廿年後的今天，台灣警察以台灣霹靂火台詞「吾若不爽，送爾一枝番兒火，偕一桶汽油」，辨識大陸偷渡客，台語傳佈因為強大的經濟實力，在亞洲逐漸流傳開來。

歷史上，漢文漢語曾經在亞洲形成漢文圈，奠定一個雄厚的文化基礎，台語承襲漢語的正朔命脈，台灣人得天獨厚傳承漢人雄厚的文化資產，如今還身懷著雄厚的經濟實力，台灣能否再創唐朝的風威？答案就留給七八年級生來填了。

（2003/11/23）

四之二、活在思念之中

民國三十八年蔣介石帶著二百萬軍民從中國倉皇撤退到台灣，這二百萬的軍民到台灣之後，以執政貴族的姿態，屠殺台灣人的生命，搶奪台灣人的財產，統治台灣人五十年，以不義之財過著榮華富貴的生活。

台灣人有的忍氣吞聲，有的鞠躬哈腰，有的刻意巴結，只有極少數人抵死反抗，台灣人的反應儘管各異，稱呼這批人為「外省人」卻是有志一同。

外省人統治台灣的歷史五十五年，嚴格算起來，扣掉李登輝十六年，真正統治的時間不過四十年，以漢人歷史而言，「江山各有才人出，各領風騷三十年」，三十年算一代的話，外省人歷經一代風華，於今已是繁華落盡，百花凋零的景況。

在繁華的時代，既使人在台灣，外省人思念中國故鄉的情緒，不只限於個人而已，蔣介石還強迫台灣人與外省人綁在一起，一起思念中國。

唸著余光中的鄉愁，外省人感動落淚，台灣人隔靴搔癢，不知淚將何來，如今，鄉愁這首詩甚且成為胡錦濤統戰的工具，胡錦濤知道他統戰的對象，只限於在台灣的二百萬外省人而已嗎？

民國七十五年，台灣開放大陸探親之後，外省人陸續回到故鄉中國定居，領台灣政府的退休俸，罵台灣的政治，如同五十年前，外省人搶台灣人的財產，殺台灣人一樣，外省人自認高台灣人一等似乎是天經地義的事。

外省人在中國過著優渥的生活，享受貴族待遇的同時，外省人也開始思念台灣，舉凡食衣住行一切日常生活必需品，皆來自台灣。

在貧窮的過去，外省人以富庶中國驕佞台灣人，今天，外省人衣錦還鄉回到中國，以民主進步富裕的台灣驕佞故鄉的中國人，外省人傲慢貴族的心態始終如一，而外省人知道台灣人和中國人如何看待外省人嗎？

台灣人說你們是外省人，中國人說你們是呆包，外省人一輩子活在思念過去，永遠不願意認同當地人，這是外省人的光榮？還是外省人的悲哀呢？國民黨在台灣執政四十年的外省人歷史簡直和南宋一個樣，而南宋是什麼結局呢？

如果本土化的定義就是台灣侷限於四百年的移民歷史，如同南宋本土歸流的政策引起士大夫激烈反抗一樣，台灣會如同南宋的命運陷入異族統治紛亂的時代，如果台灣以五千年的漢文化自居，台灣將一統中國大陸江山，這是完全不同的結局，寄望民進黨從歷史借鏡，切勿重蹈歷史覆轍！

（2004/10/17）

五、鱟㴋抑是嗥哮？亦是咆哮

「鱟㴋」發音ㄏㄠˊ ㄒㄠˋ，說文解字並無此二字，可見漢朝並無此等言語，直到宋朝廣韻出現此二字，可見宋朝之後始出現此語文。

「鱟」廣韻：去聲，郭樸注山海經云，形如車，文青黑色，十二足，長五六尺，似蟹，雌常負雄魚者，取之必得其雙，子如麻子，南人為醬。

台灣五南圖書出版的《閩南語辭典》頁三七四、三七五，鱟，海洋節肢動物，形似蟹，甲殼堅硬扁圓，尾巴細長像劍，產卵可做醬，乃上等魚類，俗語說：『好好鱟刣到屎流』，台灣人用鱟魚的殼作勺子稱為「鱟稀」。

「㴋」廣韻：所教切，稍去聲，水激也，日汛潘以食豕。

由以上典籍記錄「鱟㴋」，應該是鱟魚的排泄物，氣味鯹臊（星臊ㄘㄡ）

嗥：咆也，廣韻，嗥，熊虎聲，左傳曰狐狸所居，豺狼所嗥，從口皋聲，乎刀切（ㄏㄠ），古音在三部。

哮：豕驚聲也，从口，孝聲，許角切。

小時候住在鄉下常聽到台灣人說「ㄏㄠ ㄒㄧㄠ」，我問祖母：「ㄏㄠ ㄒㄧㄠ是什麼？」祖母笑得花枝亂顫，不肯回答我的問題。

結婚之後，有一天我突然問先生：「ㄏㄠ ㄒㄧㄠ是什麼？」

我的先生反應和我的祖母一樣不停的笑，然後正經的說：「ㄏㄠ ㄒㄧㄠ是台灣話，不分男女都說潲，北京語男的叫精液，女的叫淫水，ㄏㄠ ㄒㄧㄠ指一個人誇張他的性分泌物豪多，比美鱟魚，性事勇猛。」

天哪！我聽了差點昏倒，那台灣人把「ㄏㄠ ㄒㄧㄠ」掛在嘴邊不是很難聽嗎？

台灣人罵人家說謊用「ㄏㄠ ㄒㄧㄠ」，真是傳神到絕倒，電視上每天都聽到「ㄏㄠ ㄒㄧㄠ」的話，安娘喂！大家說得這麼難聽，難道都不覺得羞恥嗎？

電視有一個節目「大家來ㄍㄢ ㄍㄧㄠ」，看到這個字眼，我暗叫一聲「唉唷喂！」主持人到底知不知道「ㄍㄢ ㄍㄧㄠ」是什麼意思？

「ㄍㄢ ㄍㄧㄠ」正確的文字是「奸竅」，是做愛的意思，「大家來ㄍㄢ ㄍㄧㄠ」就是大家來做愛的意思，正確的漢文是「逐家來奸竅」，電視上出現如此聳動的節目，讓人傻眼，主持人開場白就說「咱大家相招來ㄍㄢ ㄍㄧㄠ」。

聽到這個開場白，強強要昏倒！政論節目變成性愛轟趴節目，未免也差太遠了一點！恐怕主持人都不知道自己在講什麼？

姦：說文解字「ㄙ」也，二篆為轉注，从三女，是以君子遠色而貴德。（轉注字）

奸：說文解字「犯婬也」，此字謂犯姦婬之罪，非即姦字也，今人用奸為姦，失之，从女干聲。（形聲字）

在台灣的鄉下時常聽到「ㄍㄢˋ你娘」，正確的文字應該是「奸爾娘」，相關的文字如「奸爾娘室屄」、「相奸」、「錯奸竅」、「錯奸六竅到無力」、「奸到無力」、「竅到無力」、「錯奸六竅」。

人有七竅，「錯奸六竅」是什麼意思呢？

從以上的文字大家應該知道「我不幹了」原來是什麼意思了吧！台灣人說話是不是古典，傳神又精闢呢？哈哈哈！！！

這篇文章寫於（二〇〇五／一／三），一年半之後二〇〇六/五/十陳水扁總統訪哥斯大黎加總統就職大典，隔海記者會用「衰潲」發音「ㄙㄟ ㄒㄧㄠˊ」形容藍軍污衊第一夫人的心情，阿扁語出驚人，舉國大譁，恐怕阿扁也不知道「衰潲」原來的意思吧！

我在大學時曾經一字一句書寫篆體的說文解字三遍，甚為師長賞識，近來抄寫心經，翻閱說文解字，打算以古樸的篆體寫成掛幅掛在客廳欣賞，無意中發現嘐哮形音義才合乎台灣人說的「ㄏㄠˊ ㄒㄧㄠˊ」。

嘐哮演變成「ㄏㄠˊ ㄒㄧㄠˊ」，乃因政權失落，白丁失傳，造成有音無字，甚至誤用的困境。

二〇〇〇年開始尋找台灣的語言文字，幾經更改，不斷更正，也許以後會發現更適合的文字，來貼近台灣的語言，失落四百年的文字，奈兮是短短兮十年所能補正呢？

大家一起努力吧！

（2008/02/03）

六、文字的反諷

文人以禪宗的意境妙喻人生三境界：「看山是山，看水是水，看山不是山，看水不是水，看山還是山，看水還是水。」

人到了晚年，心境如入涅盤，萬般寂靜，但是如此絕妙的境界畢竟十分稀少而且短暫，所以唐朝詩人李商隱說：「夕陽無限好，只是近黃昏。」

「看山是山，看水是水」這般天真的童稚非常短暫，「看山還是山，看水還是水」接近死亡才了悟的人生還是短暫。

多數的人生是「看山不是山，看水不是水」，紛亂的世界藉著文字反諷愚蠢的人生。

阿公阿嬤聽到年輕人說：「我愛你！」，嘴角微微一燦，不懂愛情才會談情說愛，透悟「無聲勝有聲」的涅盤之境始能了悟愛情，世界上了悟愛情的人畢竟為數極少，幸福的人不多，愛情才顯得珍貴，值得傳頌，不是嗎？

愚蠢的人不懂愛情卻急著談情說愛，又不知克制貪婪私慾的人性之惡，情場如同屠宰場，人性之善被宰割的鮮血淋漓，慘無人道。

情場如此，政壇不也是如此嗎？人生總是充滿了反諷，希特勒是一位畫家卻當了軍人，號令歐洲，毛澤東是一位老師，卻揮軍抗蔣奪權，甚至締造一個大帝國，蔣介石連軍校的大門都沒進入，卻當了中國的委員長，不懂軍事的人揮軍作戰，真正軍校出身的人，遭到軟禁，人生真是充滿了反諷！

所有的大人物都擅長喊口號，一個口號，卻出現相反的結局，拿破崙一心統一歐洲，締造一個拿破崙時代，結果歐洲陷入四分五裂。

希特勒野心征服世界，二次大戰叱吒風雲，結果德國敗戰，國家分裂成東西德；列寧喊出第三共產國際，半個地球關入鐵幕；毛澤東喊文化大革命，四千萬中國人魂歸離恨天；蔣介石喊抗日，刀下亡魂一千萬；文革十年的口號，那真是人類史上的奇觀，蔣介石遠遠遜色於毛澤東，不是嗎？

康梁提倡滿漢二族一家，結果中國陷入軍閥割據分裂的局面，戈巴契夫高呼地球村，結果蘇聯解體，毛澤東喊一個中國，事實上存在二個中國，蔣介石喊反共抗俄，他的兒子娶一個俄共媳婦，還被共匪追著跑，逃竄到台灣。

如今，胡錦濤喊反分裂，中國崩解的局勢蠢蠢欲動，台灣高喊反反分裂，江丙坤跑到大陸，將台灣一軍，民進黨高舉反制反分裂，連戰跑到大陸朝聖，將陳水扁一軍，人生真是充滿了文字的反諷，不是嗎！

Sofia（2005/04/12）

七、屌是什麼意思？

一位大陸網友網名「屌」，大家對這位網友的網名似乎頗有意見，想必大家不知道屌這個字是什麼意思。

蘇菲亞說一個有關屌的笑話吧！這是我大一的時候聽到最誇張的笑話，回想起來已經是三十年前的笑話了。

有一位男人a對自己的性器官非常自豪，因為其長無比，長及膝蓋，男人a必須穿著馬褲才擋著住天賦異稟的東西，a男心想自己必定是天下第一吧！於是到處找尋高手比較。

有一天，a男發現一個俱樂部叫做「比長俱樂部」，a男興致勃勃來到比長俱樂部打算與諸多武林高手一較長短，走到門口的時候，有一位b男坐在門房，旁邊捲著一捆繩索。

a男大吃一驚，這麼長竟然坐在門口，於是a男往樓上走，二樓有一位c男坐在水池邊釣魚，a男驚駭的連退三步，逃往三樓，冠軍選手對著天空放風箏，a男眼前一暗，休克暴斃。

所謂的屌，把字拆開來解釋，「尸」是一個象形字，甲骨文中「尸」的線條像一隻蝌蚪，圓圓的頭帶著彎曲的尾巴，表示一個人體，中間「口」也是象形字，表示肚子，下面「巾」也是象形字，表示男人的陽具長及地面。

整個說來，屌是一個象形字，表示一個男人的身體，肚子下面有一支長及地面的陽具，這樣大家知道「屌」到底是什麼意思了吧！

哈！哈！哈！可別昏倒在地喔！下次別再屌來屌去了唷！

Sofia（2005/04/25）

八、簡體字的原罪！

人類四大文明中大部分的文明屬於拼音文字，惟獨漢人以形、音、義結構成為方塊象形文字，獨步四大文明之首，人類四大文明，唯有漢人將文字藝術化，獨創文字美學，漢字書法風雅遍及亞洲漢文圈，歷經三千年歷史而不墜，漢人從日常生活的文字書寫之中點點滴滴，耳濡目染，渾然天成培養子孫的藝術天份，漢人從書寫文字蘊含美學與哲學教育到達絕妙之境。

漢人的藝術不只是文字美學獨步全球，盆栽、庭園、山水、園林、建築更是其他三大文明難以匹敵，所有的藝術均有章法可供研擬，惟獨漢字藝術難以仿效，文字藝術使漢人獨領四大文明風騷之首。

漢人以「象形、指事、會意、形聲、轉注、假借」六種方法造字，其中百分之九十為形聲字，說文解字的作者「許慎」說：「形聲者，以事為名，取譬相成，『江』、『河』是也」。

甲骨文時代的象形文字是今天簡體字的雛型，百分之八十的簡體字取自草書，主要是王羲之的正草十七帖，部分取自宋朝徽宗的行草千字文「天地玄皇，宇宙洪荒」，王羲之的蘭亭集序以草書將簡體字的藝術達到顛峰，草書才能美化簡體字，中共卻將簡體字楷書化，共產黨對文字藝術無知，對文字學無知，制定錯誤的政策，竄改漢字結構，造成文字浩劫。

共產黨成立馬列中國之後，積極推展簡體字，將漢字解體成新的簡體字，結構卻毫無章法可言，最常使用形聲法改變字體結構，借音來改變形，卻常常借用錯誤。

例如賓至如歸的賓，簡體字寶蓋頭下面是一個兵，兵與賓的音相近，但是意義相反，怎麼改成這樣呢？

這樣形不美、音不對、義相反、中國沒有漢學家嗎？這種字中國敢拿出去嗎？亞洲漢文圈不覺得羞恥嗎？

再說一例，整潔的「潔」簡體字水偏旁一個吉，絜與吉音相近，但是義相遠，怎麼改成這樣呢？這樣形不美、音不對、義相遠、中國沒有漢學家嗎？這種字中國敢拿出去嗎？亞洲漢文圈不覺得羞恥嗎？

共產黨將漢字拉丁化，意在消滅漢字全盤西化，漢語拼音法原是聲母韻母切，共產黨卻將羅馬拼音說成漢語拼音，鳩佔鵲巢，共產黨不僅竄改文字歷史，同時竄改語言歷史。

舉凡此類，不勝枚舉，簡體字怎麼改的不倫不類至無以復加之地呢？怎不令人痛心疾首呢？

日本祭拜靖國神社，舉世撻伐，竄改歷史，欺騙百姓，卻無法抬頭挺胸、明白做人，即使經濟強盛，不時遭受全世界譏笑，從竄改歷史那一刻起，日本即活在羞恥之中。

相對的，德國在二次大戰之後立刻對猶太人懺悔，每年派童子軍到猶太人的墳墓掃墓，德國人時時刻刻反省納粹對德國民族的傷害，贏得世人的尊敬，德國民族的聲望谷底回升，褒多於貶。

日本竄改二次大戰歷史，中國群情激憤，學生發動反日示威遊行，日本首相小泉被迫道歉。

中國竄改台灣歷史，台灣網路群情激憤，中國只是笑一笑，冷冷的說：「台灣的事，十三億中國人說了算！」，是嗎？

日本竄改歷史，十三億中國人群情激憤，中國竄改漢人的文字，五千年歷史的漢人列祖列宗群情激憤，中國只是笑一笑，冷冷的說：「五千年歷史，十三億中國人說了算！」，是嗎？

如果簡體字的功能只剩下一個方便，中國人覺得光榮嗎？

如果簡體字貽笑大方而不知所措，中國人覺得光榮嗎？

如果全世界的漢學家冷眼相看簡體字，中國人覺得光榮嗎？簡體字如同日本竄改歷史一樣，當簡體字竄改漢字那一刻起，簡體字即活在羞恥之中，竄改漢字就是簡體字的原罪！

簡體字願意跪地向漢字懺悔嗎？

（2005/04/25）

松鼠（jerry520736）：

簡體字是書法家于右任先生在民國八年五四運動時候創造的，當時胡適提倡簡化運動，到最後因為國家太亂，沒有推行成功，真的令人想不通的是，為什麼會被共產黨使用，我想應該是文化大革命的時候，破四舊，立四新吧！~~。

Sofia：

簡體字早在甲骨文時代就有了，王羲之的蘭亭集序以草書將簡體字的藝術達到顛峰，草書才能美化簡體字，中共卻將簡體字楷書化，共產黨對文字藝術無知，制定錯誤的政策，造成文字浩劫。

深夜中的低迴（shichn）：

既然甲骨文時代就有，浩不浩劫也不是你能決定的吧！對自由人權的破壞和剝奪才是人類最大的浩劫。

Sofia：

共產黨對文字無知以致於不知道簡體字對漢字的破壞，甲骨文時代雖然有簡體字，但是數量不多，今天中國的簡體字是從漢字簡化而成，並非取自甲骨文，文字學非常深奧，不是三言兩語說得清楚。

（2005/04/26）

深夜中的低迴（shichn）：

嗯！全世界只有你深奧，其他的人都淺薄吧！建議你，別老是裝得一副自己很懂的樣子，有知識不等於有常識，而沒有常識的人比沒有知識還要可憐，說法有點直接，但是千真萬確。

勸你也不是第一次了，自己想想吧！當然你如果不以為然，當放屁也可以，我只是說出我的感覺而已，而你給我的感覺就是這樣。

Sofia：

怎麼啦！氣成這樣！我說文字學深奧，又不是說我自己深奧，我只是修一年的文字學，粗識一點文字而已，對專研文字學的學者而言只是個白丁，對中文系的學生而言，我也不是出色的學生，當然！相對於局外人，我可是有深度多了，人都是相對的，看自己站在哪一個角度看別人，難道你站在目不識丁的角度看我，難怪你會說我自以為是啦！

（2005/04/27）

關於簡體字

大陸網友【回复johnkong84】：

鄙人是大陆在校大学生，对我中华博大精深的文化很感兴趣。在此想请教台湾朋友两个问题。

大陆像我这个年龄段的人从小就学的是简体中文，但我很喜欢繁体字，我觉得繁体字更有神韵，更能体现祖先造字的演化历程。但是现在我只能认识絕大部分的繁体字，会写的却很少，真是很遺憾。

哪位台湾朋友能讲一下在平日里书写繁体字觉不觉得有不方便之处？在接触了大陆简体字之后有没有一些特别的感触？

有据我所知，台湾现在用的是注音法标注汉字，看起来像是日语字，和大陆的汉语拼音由无异同？拼音会不会更能和国际接轨？如果是，台当局是不是刻意与大陆保持不同而使用注音？

鄙人初次发帖，请各位不吝赐教！！

【回复johnkong84】：

這位大陸大学生，你好！

台灣人天天寫漢字並不覺得不方便，蘇菲亞接觸大陸簡體字之後感觸特多，剛到網易看不懂簡體字，慢慢摸索猜測大部分猜得到，有兩個字「倒阳」我始終不明白是什麼字，也猜不到是什麼意思，猜半天，問大陸網友，大陸人居然說我裝傻，意淫之類不堪入耳的話，罵許久我還是額頭三條線不明白為什麼挨罵？

有人說「阳」是「阴阳」的「阳」，我更是丈二金剛摸不著頭腦，這什麼字？

當我明白「阴阳」就是陰陽，差一點昏倒，難怪我要挨罵！「倒阳」就是「倒陽」，就是男人不舉，天呀！這什麼字呀！

簡體字脫離東漢許慎六書造字原則，陰陽原是形聲字，但是簡體字陰改成月，陽改成日，看似會意字，又不全是會意字，一半會意，一半形聲，有點啼笑皆非，哭笑不得。

台灣的注音，取自古文，不是日語字，大陸的漢語拼音其實就是羅馬拼音，羅馬拼音只能拼北京語，就是大陸的普通話，不能拼台灣話就是漢語，因為漢語有四分之一以上是入聲字，羅馬拼音拼不出來，拼音和國際接軌是兩件事，沒必要放一起談，人類四大文明，除了印度梵文之外，就是漢字屬於意象文字，其他兩大文明都是拼音文字，但是埃及尼羅河古文明也是象形文字，並非現今的拼音文字，台灣使用注音在民國八年，而大陸使用羅馬拼音在一九五〇年之後，兩者相差四十年，應該是誰刻意保持不同呢？

（2006/05/09）

網友回應：

支持！正體字比殘體字好！

（2007/02/06）

sofia回應：

正體字是馬英九說的，沒有台灣人這麼說，請說漢字。

（2007/02/07）

min回應：

殘體字，說得好~。

每次看到「殘體字」的文章或網頁，除了搖頭還是搖頭，共匪將漢字改為「殘體字」，說是因那個時代，大陸到處都是不識字的白丁，為人民學習、識字方便用，但根本之道，應對從「教育」上來落實（如落實國民基本教育），反其道而行，將漢字改為如此不甚的地步，真是一錯再錯，又非常憂心，現今世界中文熱，「殘體字」將橫行於世界……

曾經到大陸遊玩過幾次，一直很納悶的是，在大陸三不五時就可看到歷史古跡，上面的碑坊、刻字，皆以繁體字為多，大陸人都能視那些古書、漢字而不見、不識？

也巧遇一位小學生，在唸那碑坊上的字，唸沒幾字就唸不下去了，因為那上面書寫著許多的「繁體字」，但對我們台灣人來說，看那些字是輕而易舉的，對於中國到處都是繁體字的古蹟、碑坊環繞下，很懷疑大陸人不會對「不識字」感到些許壓力？

對使用「殘體字」不會感到懷疑？或認錯？

中國政府又有辦法將數千年的古蹟文化，重新打掉再一一製作「殘體字」的碑坊、書畫？

數千年的漢字文化 v.s 幾十年的「殘體字」發展，大陸人，你們永遠都是輸家，別再自欺欺人了~除非你們願意繼續當漢字的「白丁」下去！

（2007/05/26）

九、回覆〈執政當局的文化盲點〉◎陳先生

「貴報非常難得的，於日昨接連刊出蘇菲亞之『縮減文言文比重之我見』、『談土地認同』等文，於對泛綠的一片歌功頌德之論中，總算出現了中流砥柱之聲、一針見血之論，用白話講，就是在泛綠人士自以為所謂『建立台灣主體性』的無限上綱下，終於有人講出了『其實是打擊台灣主體性』的真話。

筆者不認識蘇菲亞，但極願再附和蘇菲亞之論如下：

台語『汝有冗否？』，北京語「你有空嗎？」。

台語『盡心焉耳！（安乃）』，北京語『如此的盡心！』。

台語『歸去來兮！』，北京語『乾脆這樣吧！』。

台語『食無魚』，北京語『沒有魚可吃』。

台語『汝知否』，北京語『你知道嗎』。

民進黨一直搞不清楚，台語就是漢語，台語就是文言文；扼殺文言文，也就扼殺了台語的根，進而扼殺了台灣的主體性。」

看到這篇文章，我高興的心情澎湃洶湧，流下喜悅的眼淚，終於看到知心的人，很希望這位先生加入蘇菲亞的網址，一起討論漢語文。

對於這位先生的文字蘇菲亞再加一點註解：

台語「汝有閒否？」，北京語「你有空嗎？」，更古一點的文字應該是「爾有冗否？」

你去人字邊的尔是爾的簡寫，爾與尔同字同音。

漢人因為政權變遷、土地遷徙、口音變化以及書寫習慣，以致「爾」變成「你」，從古書文字的變遷可以看出時代背景，使用爾大約在春秋東西漢的文章之中。

東晉王羲之草書盛極一時，草書改變文字，東晉的王羲之是為關鍵的時代。

「汝」最早出現在詩經，使用「汝」從韓愈八大家古文運動之中常見，那已經到唐宋年間了，相差約1000年，從文字認識時代背景，辨證古書的真偽，這是訓詁學必備的知識。

台語「盡心焉耳（安乃）」，北京語應該是「盡心而已」，更古一點的文字應該是「盡心焉爾」，論語常見焉爾兩字，到了古文八大家變成焉耳，也是因為政權變遷、土地遷徙、口音變化之故。

（2005/6/10）

十、回應雄中退休教師蔡先生

煩請貴報特別聲明蘇菲亞乃女士，打從2003年蘇菲亞開始上網打知名度，諸多網友揣度蘇菲亞為男士，大陸網友甚至認為蘇菲亞是一個集團，領綠軍薪水的網路打手，如此高估，蘇菲亞忍不住失笑。

蘇菲亞一再聲明，老身年近五十，單打獨鬥活躍政論網路，下星期三會與夫婿出席警政署頒發模範警察典禮，敬請密切注意，證明蘇菲亞所言屬實，無一作假。

回應雄中退休教師蔡先生：

胡適、陳獨秀主張「以我手寫我口」，當時稱之為白話文運動，胡適救活中文，卻消滅漢文，此乃喜哉？悲哉？

「沐浴」一詞，仍然存在民間，比較隆重的典禮，如祭孔、祭廟、祭祠等隆重的場所使用典雅的文言「沐浴」，至於「洗身軀」是一般黎民百姓日常生活說的話，詩經所謂的風雅頌三種文體，乃根據不同的場所使用的文章，準此原則，「沐浴」是雅頌之語，「洗身軀」是民風之語。

漢人早在三千年前就知道根據場所使用不同的語言了，多麼優秀的民族，不是嗎？

洗澡（siezoa）閣下使用羅馬拼音法，杜正勝在台灣大力推銷羅馬拼音，台灣人不知不覺得中了共產黨的置入性行銷而不自知，台灣人知道嗎？

漢語使用聲母韻母切音法，也就是用兩個字的聲母和韻母來注一個音，與共產黨使用的羅馬拼音法截然不同，台灣人知道嗎？

贊成「為文必貼近生活才能生動」，但是不應該因此而排擠傳統文化，你說是嗎？傳承與創新一樣重要，不是嗎？

用心為每一個台語，找出相對的漢字，視為祖宗的東西，強調尋根，目的在對中國共產黨政治作戰，這是一個大戰略，請勿小視之！

文人懷鄉之作，古來有之，有的文人懷故鄉，有的文人懷舊居，從未有文人懷新居，因為懷舊、懷故、懷鄉才能彰顯文人仁義之德，所以瓊瑤或余光中，就和五千年來的傳統文人一樣懷舊念故，非常正常。

老舍筆下感人的北平人的故事，正是共產黨的策略，滿人入關之後，北京成為滿人的權利中心，不是漢人的京城，漢人懷念故土中原，排拒北京盛京，是因為民族情感作祟，共產黨塑造北京懷舊乃為鞏固自身的政權，讀書怎能一知半解呢？

生活在唐詩裡，在懷念裡，在午夜夢魂中，那是五千年來的常態，並非病態。

美裔詩人艾略特（T.S.Eliot），歸化為英國人，認同英國，還得到諾貝爾文學獎，證明美國人內心深處將英國認為母國，不是嗎？證明美國人懷舊、念故，不是嗎？

如果美裔詩人艾略特（T.S.Eliot），親近美國土地，認識它、愛它、為它喜、為它憂、為它文、為它頌，美裔詩人艾略特（T.S.Eliot），何必歸化英國呢？證明文人懷舊念古乃古今中外不易的人性，不是嗎？

（2006/06/12）

十一、Sb是什麼？

幾年前，台灣著名的新聞媒體人周玉寇訪問大陸民運人士王丹，基於好奇，我夫妻兩人仔細傾聽訪問內容，王丹的談吐果然不同凡響，印象最深刻的是，王丹操著京片子說：「林子大了，什麼鳥沒有？」

主持人周玉寇一聽，遮嘴笑又不好意思笑，眼尾撇向觀眾席，眉眼盡是笑意，看周玉寇這副德行，我夫妻兩人忍不住笑半天，印象中，只有七八十歲的外省老伯伯才會講，怎麼出自一位三十而立的俊彥之口？台灣人感覺有點突兀、有點新鮮，又有點有趣。

二〇〇五年初，蘇菲亞拜訪大陸網易網站，看到許多新鮮有趣的名詞，常常坐在電腦前吃吃笑不停，原來「林子大了，什麼鳥沒有？」是大陸人常說的話，聽久了習慣之後也不覺得好笑了，倒是大陸人常將sb掛在嘴邊，讓人丈二金剛摸不著頭腦。

台灣一位著名的演員李立群，在大陸名氣算響亮，最近偶然看到李立群接受專訪，他說大陸人站在廣場前大聲喊「sb」，好有根的感覺，聽了都覺得啼笑皆非。

Sb是什麼？根據幾個月在網易的經驗，s應該是傻，b應該是屄，sb應該就是傻屄，屄是什麼？屄是陰戶，女性的外部生殖器，膣是陰道，女性的內部生殖器，台灣人稱女性的生殖器為膣屄，發音為「ㄐㄧ ㄅㄞ」，遍尋九大系統語言文字，只有台灣人保存三千年的古書上留存至今的語言文字。

由上推論，Sb就是傻ㄚ頭的意思，ㄚ頭指頭上綁兩個髻的姑娘，未成年或是低賤的女婢梳的髮髻叫ㄚ頭，所以sb是非常粗鄙的、輕視的語言文字，大陸人居然人人掛在嘴邊，名演員李立群居然稱讚「好有根」，實在驚訝的說不出話來。

「有根」，與「有種」是形容男人性徵，根是生殖器，種是生殖液，這些都是非常粗鄙的文字，一位藝術工作者居然為他讚歎，實在詫異的說不出話來。

另外大陸網友常用「汗」表示慚愧，正確應該是「汗顏」，因心中羞慚而出汗，語出唐朝、韓愈、祭柳子厚文：「不善為，血指汗顏。」

以及幼學瓊林、卷二、身體類：「事遂心曰如願，可愧曰汗顏。」

如果大家仔細深究禍根與禍水的原意，或許從此而後沒人敢說禍根與禍水這兩個詞彙了，因為無知所以盲從，所以隨波逐流，不知汗顏，只能說距離產生美感吧！這就是文學的本質，文學概論不就是這樣說的嗎？

（2005/08/14）

十二、唬濫抑是虎卵？

現任海巡署署長許惠祐過去曾任海基會董事長，許惠祐每年到中興新村省訓團，一定會對教官講一則「虎卵」的笑話。

話說許惠佑到廈門與海協會商討兩岸事宜，海協會某某人對許惠祐下馬威說：「福建有一所大學叫廈大。」與「嚇大」諧音。許惠祐先生機智的說：「台灣也有一所大學叫輔大。」與「唬大」諧音。

臺海兩岸官員言語機鋒，透露出政治現狀，大陸以力服人，因此台灣被大陸嚇大的；台灣以智取人，所以大陸被台灣唬大的，誰勝出？目前為止，兩岸纏鬥激烈，勝負難定。

那麼虎卵是什麼呢？虎卵是虎的雄性生殖器，台灣話「畫虎卵」是吹牛的意思，人卵怎比得上虎卵勇猛呢？當然是誇大其詞！

台灣話「噴雞球」也是吹牛的意思，雞脖子再怎麼吹，能吹到像氣球那麼大嗎？當然是誇大其詞，台灣人用「畫虎卵」、「噴雞球」形容吹牛皮，言語誇張由此可見一般。

報端常見「唬爛」兩字既未取其音，也未取其義，不知出自何處？台灣人對自身的語言文字常常不解音義、隨便蒙混，或許這是正常的人性吧！

（2005/08/14）

十三、烏魯木齊抑是烏漉木製？

烏魯木齊，是新疆首府，國民政府時期，改名為迪化，中共建政後，又改為烏魯木齊。

蒙古語烏魯木齊是「優美的牧場」，但是台灣人口中的烏魯木齊卻是亂七八糟。

有人認為烏魯木齊所以是亂七八糟，因為發音之故，諸如甘洒迪—台語發音「甘哪低」，古文「曷若豬」↓像頭豬的意思，取其諧音而已。

但是也有人反對，認為古代文人寫毛筆字後，常自謙為〔污濁墨漬〕，也就是字寫得亂七八糟，這污濁墨漬的台語發音就和〔烏魯木齊〕同音，白丁不懂文言，所以誤用，蘇菲亞認為此說牽強附會，不足採信。

還有一說，有一種木材叫做烏漉木或漉髓木，其中心部份稀爛如泥，只能當薪柴燒火，這種木材當家具或建材，品質很差，所以烏漉木製意思是真糟糕。

台灣人說新疆人在台灣做事馬馬虎虎，台灣與烏魯木齊相去千萬里，高山大海隔離，往昔又無交通來往，新疆人如何前來台灣？此說不足採用。

根據漢人的語言習慣，所有異族文化都是低級，不登大雅之堂，所以歷代異族入侵留下許多文字，如：胡亂、胡說、蠻纏、蠻幹、蠻橫、番婆、番邦、番禺（今廣東）、夷狄、夷昧等胡、蠻、夷、狄、番等文字，「回民」一詞遲至清朝中葉才出現，這時候的漢族已遭滿族殖民，滿人掌握文字的權利，漢人無法創造類似胡、蠻、夷、狄、番等文字，只好貶損首都地名，以示漢族文化之尊貴，烏魯木齊或說烏漉木製一詞流傳閩南地區的漢人民間，並未見諸官方文書，或是大陸其他地區，以上推論吻合歷史軌跡。

台灣人承續漢文化，烏魯木齊或說烏漉木製掛在嘴邊，政壇甚至以烏魯木齊大作文章，藍軍刊登「烏魯木齊共和國」廣告反諷綠軍，以前東帝士集團負責人陳由豪事件，點名扁陣營為烏魯木齊團隊。呂秀蓮副總統笑著說：「幸好我沒有入主烏魯木齊共和國」，因為她不做烏魯木齊的事，公道自在人心。台灣人講「烏魯木齊」意思是亂七八糟，與胡亂來同樣意思，辨別台灣話是不是過去的官話，從烏魯木齊這個地名的回語發音，到底北京語比較接近回語，還是台語「哦了麼姊」比較接近回語，如果有新疆的回民朋友，或許可以告訴大家答案，那麼誰是漢語的傳人就不辯自明了。

如果回語烏魯木齊與台語發音不同，那麼正確的文字應該是烏漉木製才對。

（2005/08/15）

十四、何謂偶像？

偶像一辭最早出猶太人的自希伯來文的可蘭經，基督教的聖經取自猶太人可蘭經，聖經十戒之二：不可為自己雕刻偶像，所以偶像一辭最早出自聖經。

一次大戰後，希特勒辦青年學校，成立青年軍，成功的塑造偶像崇拜，造成納粹旋風，之後全球領袖效法希特勒，風行偶像崇拜。

蘇聯的史達林、義大利的墨索里尼、中國的毛澤東、台灣的蔣介石、伊拉克海珊、伊朗的柯梅尼等人，藉著偶像崇拜形成專制的獨裁政權，台灣的國防部也出版一本《青年軍》的刊物，至今尚存。

一九九一年蘇聯垮台之後，共產黨獨裁專制的政體兵敗如山倒，中國共產黨積極轉型，台灣的蔣經國致力發展經濟，兩岸勵精圖治，伊朗的柯梅尼辭世之後，獨裁政治偶像只剩下伊拉克的海珊、與古巴的卡斯楚等少數國家，中國的共產黨政治偶像除了毛澤東，之後已經非常淡化偶像崇拜。

二次大戰之後，拜資本主義之賜，經濟起飛，電影工業造就一批電影明星，政治偶像轉變為娛樂偶像，今天的偶像一辭泛指娛樂界的藝人明星。

（2005/10/05）

十五、常見的漢文錯別字

電視上常常出現漢文錯別字，奇摩網站的知識教育學習類、台語版出現許多啼笑皆非，錯誤百出的台語文，連台語老師的語文知識都非常貧乏，野人獻曝還自鳴得意，實在令人傷心，台灣人應該多關心自己的文化，書寫正確的漢字，演講正確的漢語，才是傳承漢文化的根本之道。

電視報導公仔企業經營，造型鮮明新潮的玩偶經過企業經營，呈現不凡的商機，玩偶為什麼用公仔這個字？正確的文字為何？為什麼無人糾正？難道大家都不關心漢字的死活嗎？

《孟子．梁惠王上》：「仲尼曰：『始作俑者，其無後乎！』」

孔子認為用泥俑陪葬，與真人陪葬無異，指責發明俑的人，一定會絕子絕孫。後人用以比喻首創惡例的人。

人偶閩南語辭典用柴頭翁兒，翁、俑漢語發音同，義異，漢字講究形音義，翁、俑兩字，俑才合乎形音義，因此公仔正確的文字應該是俑兒。

俑：東漢，許慎，說文解字，從人甬聲，他紅切，偶之假借字。

宋朝，廣韻：俑偶人，音勇。

俑在東漢時期音他紅切，讀做「通」，宋朝時期，讀做勇，觀其音都由用之字、音演變而來，如通，桶，捅，與今天的ㄤ，韻腳相通，說明語音演變，因為語音演變導致文字流失，都是正常的現象。

另外，成語「寵豬舉灶」，漢語發音廷2滴1鋸2找3，音、調完全錯誤。

正確的文字應該是「倖豬夯灶」，漢語發音幸「陰平」，豬「陽平」，夯「上」，灶「去」，寵倖漢語發音廷「陽平」，幸「陰平」，「夯」漢語發音「上」，常聽見的夯枷。

電視上，民視主播常常誤唸總統的女兒陳幸妤，正確漢語發音應該是陳幸「羽」，羽毛的羽同音。廣韻羽諸切，與聲譽的譽同音，集韻羊諸切，正韻雲居切音余，由康熙字典看出妤之音在歷史發展的變化。

此外，常見的錯別字如：

(一)、相爭一跤箸，放去一隻羊，意思是因小失大。

正確的文字應該是相爭一胯箸，放捨一隻羊。二隻筷子像兩隻胯，一枝筷子當然是一胯。一箍指一圈，或是一個圓圓的東西，例如一箍戒指，無知的台灣人知音不知文，演變成一卡手指、或是一卡箸，胯、卡、箍漢語發音同，意異，合乎漢字形音義的造字原則應該是胯。

(二)、龍交龍，鳳交鳳，隱痀兮交悽戇，意思是物以類聚。正確的文字應該是龍交龍，鳳交鳳，隱痀兮交悽戇，悽：彙音寶鑑，心字邊，愚也，國語辭典無此字。

(三)、海龍王辭水，意思是假細膩，民間誤用為假細意。

(四)、青盲仔毋驚蛇，正確的文字應該是青盲兒不驚蛇，意思與青盲兒不驚槍一樣，無知導致妄為，與暴虎馮河一樣意思。

(五)、「度咕」中文是打瞌睡的意思，正確的文字是「啄龜」，這是會意詞，打瞌睡的樣子像龜在啄東西。

(六)、「遮住」不同的地方念法不一樣，如果從上面遮住，正確的文字是夯兮，漢語發音額「上」，夯雨傘。
如果從平面遮住，正確的文字是蓋兮，漢語發音坎「去」，坎坷的坎。
如果從下面遮住，正確的文字是掩兮，漢語發音掩「陽平」，如掩咯雞的掩。咧是語尾助詞。

(七)、北京語屁股，正確的文字是胯膾。

(八)、北京語「口罩」，正確的文字是嘴籠或是嘴掩，漢語發音翠籠，「青翠的翠」翠奄，日本語「媽蘇庫」，mask的音譯。

(九)、廁所：便所、糞坑。

(十)、眼淚：目屎、珠淚（眼淚像珍珠）。

(十一)、洋房：別莊(樓兒茨)。

(十二)、淩晨：透早、天猶未光、半晚。

(十三)、他日：另工。

(十四)、零星：闌珊(宋詞辛棄疾，眾裡尋他千百度，那人正在燈火闌珊處，元宵節應該是燈火燦爛，燈火零散的地方表示人跡稀少不熱鬧的地方，引申成零錢這是語言變遷之故)。

(十五)、說夢話：陷眠。

(十六)、發願：下願。

(十七)、懷孕：有身、有娠。

(十八)、富有：豪額。

(十九)、貧窮：散食(吃不齊全)，莊子一書曾有散木一詞，「匠者不顧」(木匠連看都不看一眼，因其為散木，不好的木材)，漢文「散」一詞有窮、惡、不全等意思，漢文化中常出現散仙、散人、散形等等。南北朝時代出現廣陵散，根據學者考據廣陵散有二個意思，一個是音樂的曲風，一個是讓人飄飄欲仙的藥粉，類似鴉片煙，因為南北朝政治混亂，民生不安，文人無所依存之故。

(二十)、做生意：做生理。

(二一)、打架：冤家相撻。

(二二)、可惜：毋彩、紡縛。

(二三)、隨便：請裁、哉爾(民間誤用為隨在你)。

(二四)：嘲笑：恥笑。

(二五)、愚笨：頇顢。

(二六)、多嘴：厚話。

(二七)、嘮叨：雜唸。

(二八)、休息：歇睏。

(二九)、涼快：涼爽、納涼。

(三十)、長輩：序大。

(三一)、時陣：時瞬。

(三二)、正在：之兮。

(三三)、昨天：昨方。

(三四)、今天：今兒日。

(三五)、查某：諸某。

(三六)、知影：知也。

(三七)、這個：玆兮。

(三八)、值咧：值之兮。

(三九)、敢是：曷是。

(四十)、安呢：焉爾。

(四一)、乞食：乞者，玆一分詞遍及佛典，淨土宗課誦兮阿彌陀經即可尋到。

(四二)、開玩笑：諢笑、講詼諧{ㄎㄨㄟ ㄏㄞˊ}，歌兒戲詞：「欲做小生無詼諧，欲做小旦未曉畫目眉。」

諢，从言軍聲，北京語唸混，漢語唸軍，台灣人也唸軍，說文解字並無諢字，諢大量出現在宋雜戲、元曲，與唐代的傳奇之中，可見諢是唐代之後才出現的字。

南宋孟元老《東京夢華錄》回憶北宋汴梁盛況，談到「京瓦技藝」云當時說話的分目，有小說、合生、說諢話、說三分、說五代史等，合生約莫就是現在的模仿秀、說諢話則是講笑話，小說則專講故事。

以上資料，顯示宋朝的諢話，與今天臺灣人說的諢笑一樣意思。

(四三)、吵架：冤家相罵。

(四四)、得意樣：嬈俳{ㄏㄧㄠ ㄅㄞ}。

(四五)、謀生：趁食、討趁。

(四六)、故意：挑工、挑故意、挑遲。

(四七)、零食：四秀兒（古時候裝零食的盒子分成四格，挑零食像選秀，引申出零食為四秀）。

(四八)、兒子：子兒、後生。

(四九)、周歲：度晬（顏氏家訓：江南習俗，兒生一期，男則用弓矢紙筆，女則用刀尺緘縷，並加飲食之物，及琴寶服玩置之兒前，觀其發意所取，名之為試兒，測兒前途，驗兒性情）。

(五十)、台語說「洛哥受哥」，正確的文字應該是古老溯古，意思是年代久遠的故事，這是非常典雅的文字，讀書人才用得到，明朝亡國之後，漢人逃到台灣，失去政權代表失去財富，失去財富代表失去知識，無知的百姓知其然，不知其所以然，有音唸音，無音自己亂湊，變成今天的老古溯古。

(五一)、北京語彌留，漢語叫臨終，台灣人也說臨終，或是仙去，台灣民間說去做仙是比較文雅的說法，也有老去之說，比較粗俗的則說「扛去種矣」，意思是下葬。

(五二)、漢語不三不四：周易六十四卦以六爻而成卦，初、二爻乃地位；三、四爻乃人位；五、上爻乃天位，不三不四是罵人不成人、不是人，「萬年不死鬼」語見鬼谷子。

(五三)、澳腳數：漚胯數。

(五四)、好腳色：好胯數。

「腳」說文解字腳脛也，從肉卻聲，符合台灣人說的「腳數」音卻數，有氣魄的男子漢之意，與「腳數」音「咖數」形音義皆差之甚遠。

依本人猜想應該是「胯數」比較合乎形音義的原則。

胯：股也，兩股言曰胯，廣韻曰，兩股之間也，史記曰，不能死，出我胯下。

今天的白話文誤將胯為腳。

過去誤為「尻數」，實為汗顏。【尻：說文解字从尸九聲，尻今俗云溝子是也，「尻數」，放屁放屎之數，極近鄙視之義，與台灣人說的「尻數」音近義合。】

(五五)、嗆聲：唱聲。

(五六)、無通：不當。

(五七)、歸家：舉家。

(五八)、爛做伙：攬做伙。

(五九)、識字：別字。

(六十)、有酒矸通賣否：有酒缸當賣否？酒缸、酒坩同音，史記的文字為酒坩，俗字做酒缸。

(六一)、斐孝為：妝痟兮。

(六二)、紅激激：紅炬炬。

(六三)、現撈仔：現流兒。

(六四)、趴趴走：波波走

(六五)、古錐：可姿「可人姿態」也就是可愛。

(六六)、一點點：一銖銖，銖為漢藥量濟之最小單位，一銖銖表示極微小之意，另，漢武帝統一幣制，制五銖錢，銖為錢幣最小單位，由此可知，銖表示微小自古有之，台灣人保存古音，又此一例。

(六七)、剪刀：枷刀。

參考資料：

1、彙音寶鑑：連枷，打穀具。

2、電子辭典：用來擊打穀類使殼剝落的農具。由一根長木柄和一排竹條或木條構成。或作「連耞」。

(六八)、請你麥擱卡：請爾莫擱敲。

(六九)、打損：紡縛。

紡縛：古時紡紗時所用的紗錠，通常以陶片或石片製成。

(七十)、一件衫：一緦衫。

參考資料

1、彙音寶鑑、緦：三服也。

2、說文解字、緦：十五升抽其半，布也。

3、國語辭典、緦：細的麻布。緦服：五服中最輕的喪服，即三個月的喪服。

4、電子辭典、緦：製做喪服的細麻布。

儀禮・喪服：「緦麻三月者。」

鄭玄・注：「緦麻布衰裳而麻經帶也。」

南朝梁・何佟之・毀墓服議：「改葬服緦，見柩不可無服故也。」

(七一)、不好意思：歹勢（日本話、又說失茲禮）。

(七二)、敖：鰲。

(七三)、瞪：青。其實面目猙獰之獰比較接近瞪人之意，瞪乃北京文，獰乃漢文，台灣人說獰乃瞪之意。青仁語出世說新語青睞以加，古人青睞乃嘉意，今之台人青人已見貶意，此乃漢文失落四百年，淺人白丁誤用所致。

(七四)、破少年：潑少年。破嘛：潑貍。

(七五)、剛好：度好。

(七六)、遇見：睹著，同覩。

(七七)、剛才：驟即。

(七八)、貧惰：笨憚（笨蛋想必是後人所誤）。

(七九)、言詞誇大：咆哮。

形容人氣勢勇猛剛健的樣子。

抱朴子・外篇・清鑒：「咆哮者不必勇，淳淡者不必怯。」

唐・白居易・漢高祖斬白蛇賦：「一呼而猛氣咆哮，再叱而雄姿抑揚。」

咆哮之意古今古今已現差異，此乃漢文斷層四百年，白丁淺人誤用所致，當今常見。

(八十)、喊聲：嘩聲

以上的語言文字，是我在奇摩網站，以及電視上看到或聽到的錯別字，實在不忍卒睹，特此訂定以饗讀者，更期待政府重視台灣的語文發展。

（2005/10/14）

十六、誰在強姦處女？

大陸網易論壇發表一篇文章：「与大陆汉语『托福』较劲，台当局委托台湾师范大学建立一套繁体字的华语文检定考试，不久的将来，不只大陆有汉语『托福』，台湾也会有一套中文『托福』」

由上述文章看來，大陸說漢語托福，台灣說華語文托福，或是中文托福，兩岸對於目前北京語文的定義顯然不同。

大陸使用羅馬拼音，卻混淆成漢語拼音，台灣的通用拼音與漢語拼音之爭，其實就是羅馬拼音的改良版之爭，不管哪一版出線，台灣都會施行羅馬拼音，國民黨五十年歷史的注音文自動退出市場，二千年傳統漢人使用的漢語拼音聲母韻母切，仍舊躲在陰暗的角落喘息，只剩下像蘇菲亞這樣的民間人士，為保存漢人二千年的傳統語文而掙扎，不肯妥協。

好厲害的文革手法，好厲害的杜正勝，民進黨上台5年，國民黨說民進黨借殼上市，殊不知共產黨也借殼上市，在台灣悄悄的文革5年，正身娘娘台灣的漢語文慢慢的被共產黨蠶食鯨吞，而台灣人一點都無知覺，實在欲哭無淚啊！

也許大家搞不清楚這些名詞，請看下面簡介：

這是注音文與羅馬拼音：ㄅ、ㄆ、ㄇ、ㄈ，b、p、m、f

這是漢語拼音：ji、ci、si、jh、yu、jhih、fong、wong、siong、wun

這是通用拼音：j、q、x、zh、u、zhi、feng、weng、xiong、wen

至於正身娘娘漢語拼音聲母韻母切，可上網到台大圖書館尋找康熙字典，任何一個字都可以找出漢語拼音聲母韻母切。

例如：匹：譬吉切，四丈也。譬取其聲母，吉取其韻母，四丈乃釋匹之義，這是從康熙字典中取最簡單的字例。

昨天非常光碟上市，馬英九下令禁售，汪笨湖說馬英九統治五分之四的台灣，總統是陳水扁，文官、軍、警、檢、特百分之八十是馬英九的人馬，這是正常的歷史軌跡，不是嗎？

如果各位對歷史不健忘的話，滿清一朝268年，漢文佔據滿清朝足足168年，直到乾隆時代的紅樓夢出現，漢文勢力才慢慢消退，民國50年張愛玲的小說出現，掀起北京文的高潮，歷史上從未出現的北京文高潮，權勢的更迭，從語文可見一端。台灣之子陳水扁上台，居然施行共產黨的羅馬拼音，甚至通用拼音、漢語拼音、羅馬拼音混淆不清。

共產黨借刀殺人，借台灣之子陳水扁的手格殺漢語拼音聲母韻母切，再將羅馬拼音篡位為漢語拼音，好厲害的共產黨！可憐的台灣人！

台灣躲在東南海域的一隅，未曾遭受國民黨中國白話文運動，全球的共產黨思想大鬥爭，以及紅色中國的文化大革命。

漢文在遙遠的台灣，靜靜的紮跟四百年未曾動搖，直到國民黨統治台灣五十年，北京文在台灣只是膚淺的、薄薄的一層官方文化，民間的漢文生命力依舊旺盛。

文化傳播一如生物戰劑，禽流感疫情肆虐全球，獨留台灣一塊處女地未受波及，台灣是如此的玉潔冰清繼承五千年的傳統漢文化，面臨國民黨文化強姦，頑強的的抗拒不從五十年，如今再度面臨共產黨假借民進黨和姦處女地，五千年的漢文貞潔即將不保，誰在強姦處女？誰是人面獸心的強姦犯？藍軍馬英九？紅軍胡錦濤？綠軍陳水扁？或是３Ｐ一起來，爽乎有存？

（2005/11/22）

十七、普通話與漢語之分

大陸網易闢一個專欄討論普通話的缺陷，網友討論非常熱烈，一萬多人點閱，點閱率算高的一個專欄。大陸的普通話就是台北的國語，遠一點看就是所謂的北京話，再遠一點從明朝中葉看，就是北方話。明朝嘉靖皇帝提出進京官員要學講北京官話，可見明朝中葉之前官方講漢語，完全不會講北京語。普通話成為明朝官話只有一百年，加上滿清一朝，二百六十八年，以及中國一朝目前為止九十四年，一共四百五十歷史。

簡單歸納普通話的缺陷：

(一)、語調呆板。
(二)、音韻粗糙。
(三)、聲氣僵硬。
(四)、詞彙粗糙。
(五)、難以展現古詩詞柔美婉轉、古文起承轉合等音韻之美。

(六)、難以體會古人撰文為詩的音韻之美。

台灣的客家人常自認為客家話才是正統的漢語，事實上，客家話「發生」及「花生」逕渭分明，因為客家人有脣齒音，客家人能夠輕易辨別「發」及「花」兩個音，吳伯雄的北京話好，因為客家話介於北京語跟漢語之間，並非純種的漢語。

正統的漢語沒有脣齒音，所以台灣人「發音」說成「花音」者比比皆是，阿扁把「法院」唸成「華宴」，因為漢語沒有北京語的第三聲，台灣人發第三聲都有困難，所以國語演講比賽台灣人極少人得獎，因為聲調、音韻天生不同，誰是漢文化的主人從說話就見端倪。

從詩詞朗誦的觀點看來，脣齒音、捲舌音發不大聲也發不清楚，祭祀的時候聲音不宏亮、不清楚都是不敬，面對大眾講話，發音應該清楚、莊重、柔美，兼而有之。

漢語自古是皇家語言，天地祭祀都是皇家隆重的大事，要求極為嚴謹，由此觀之，英語、北京語都不合乎要求，聽聽拉丁語就知道拉丁語比英語音韻要美，聽聽民視的胡婉玲說話，比比看中天或是其他的女記者說北京話，胡婉玲的聲韻是不是變化多、柔美婉轉？北京語是不是僵硬粗糙？多聽聽台灣讀書的女孩說話吧！很美的！

大陸網友星之北斗卻說：「衡量語言成功與否，不是他多優秀，多完美，而是使用人數多少。」

照大陸網友的邏輯：「作為人來說，衡量人成功與否，不是他多優秀，多完美，而是認同這個人的人數決定，那麼黑幫老大與總統一樣偉大，是嗎？」

英文並非最佳語言，由於殖民地廣大，使用英文成為世界多數語言，那麼，中國普通話也是因為殖民地廣大，所以普通話成為多數語言，所以大家應該繼續使用普通話，是嗎？

換句話說，黑幫老大人多勢眾，大家應該忍耐黑幫勢力，是嗎？」

語言的目的在交流，但是交流分為古今交流、南北交流，普通話作得到古今交流、南北交流嗎？

普通話既無法古今交流，也不能南北交流，只有一堆貴族自己交流而已，有一種語言足以取代普通話，達成古今交流、南北交流，叫做漢語，就是今天台灣百分之七十五的漢人講的話，擁護漢族二千年的官方語言是每一位漢人的責任和義務。

提倡「漢人復國在台灣」的蘇菲亞

（2006/02/22）

十八、識字抑是覓字？

有一句台灣話「不識字兼不衛生！」，原意是恥笑莊下村婦俗夫沒讀書，沒教養。

打從鑽研台灣的語言文字之後，閒來無事逛奇摩知識+台語版網站，與網友切磋語文，無意中翻閱字典，原來「把脈」是北京文，漢文是「覓脈」，把脈與覓脈比較，漢文「覓脈」比較精確而且傳神，漢人覓脈原本就是尋覓脈象以下藥，不只是把住脈而已。

從覓脈聯想到覓字，才驚覺原來不識字正確的文字應該是「毋覓字」，不識字發音既不正確，意思也不精準。

「識」發音與教室的室發音相同，識字發音為「室字」，與台灣人說覓字，覓發音別，分別的別，兩者發音差異極大。

覓發音「遏」，遏手把的遏。

「覓」古字从派（去水部）从見，从派（去水部）甲骨文象形字表示山中之谷，在山谷之中尋覓出路，見拆開來目、儿，儿在甲骨文是一個趴跪的人形，人形上有一隻很大的目珠，目珠上面有山中之谷，就像孫悟空一樣眼觀四面，尋覓的覓從文字分析，這是一個會意字。

「識」拆開來言、音戈，這是一個形聲字，所謂形聲，以事為名，取譬相成，例如江、河等字，都是水偏旁，但是工，可，是江、河這兩個字的音，用台語念就可以清楚分辨，江、工，河、可的發音相近，知識，織布、旗幟、等字都是以偏旁言、糸、方，結合同一個字群表示不同的意思，這些文字結構與江河一樣，識、織、幟發音相近，都是入聲字。

為什麼不識字古人說「毋覓字」，原來讀書識字是要到字典書本裡面尋覓的，有此動作才產生這個文字。

純粹從文字分析，覓字比識字更合乎形音義的漢字結構，這是文字學的基礎學問，或許「識」有另外一音，與「覓」同音，目前台灣的語文學家因為政府去中國化，拒絕與中國有關的學問，結果是閉門造車，謬誤百出，殊為遺憾！

台灣的語文學家應該增加晚清樸學「聲韻學、訓詁學、文字學」等學問，才有足夠的學識基礎補足文字失落四百年的斷層。

請民進黨政府摒棄否定的政策，諸如本土化、去中國化、獨立等等，以心理學而言，這是瑕疵的人格特質，請民進黨政府制定肯定的政策，諸如繼承、復興、復國、統一等等，以心理學而言，這是理想的人格特質，一點建言，期待民進黨深思！

（2006/02/24）

姚騰揚：

「覓脈」是何出處？

台灣人是講節脈（撙節兮節），是「干四曾，嘉八門／ㄢ ㄝˊ，ㄇㄝ」不是「干八門，嘉八門／ㄢ ㄝˊ，ㄇㄝ」

台灣人講按／遏（干四英／ㄢ ㄝˊ）手把，不是斡（觀四英／ㄨㄢ ㄝˊ）手把，（干四門／ㄢ ㄝˊ）字目前未發現適當用字，暫從俗借用識（非為正字）。

覓之音：《廣韻》《集韻》《正韻》《韻會》皆从（莫狄切），不知（干四門）音何所從來？

覓之義：《廣韻》求也，北京話（尋覓）二字偏重（尋）之義，茲一詞等同（尋求），覓之形：　从爪从見並非本字，古時本字从派（去水部）从見，形音義全然不合，閣下形音義皆合漢字結構之說不知何來？

卜憒慨之前，愛先確定所引出處無誤，否則氣出不著路，連累讀者心情波動，並非負責兮作家所為，清國時代兮小學初萌即謝，差失甚多，可惜之至。民國以後，漢語廢弛，更加不可觀也。

（2006/02/25）

Sofia：

「覓脈」出自五南圖書《閩南語辭典》，節脈（撙節兮節），應該是斟酌，並非撙節，斟酌兩字我高中兮國文老師曾經反覆說明，與台灣人講兮話一致，我兮印象非常深刻，見羞非見笑是我大學的教授講兮，今天台大兮宋詞大家吳宏一教授講兮。

因為尋無適當兮音形容，故而尋得相近兮音，感謝閣下糾正！

覓之音：《廣韻》《集韻》《正韻》《韻會》皆从（莫狄切），既然許多聲韻古籍攏講（莫狄切），不正是覓字兮覓。

从派（去水部）甲骨文象形字表示山中之谷，如果古字从派（去水部）从見，覓字也是會意字，在山谷之中尋覓出路，意思並無差錯，形音義全然真合，曷不是爾？

清朝時代並無國家兮觀念，何來清國之稱呼？國家兮觀念出自十八世紀末，廿世紀初孫文創立中國，亞洲茲有國家兮觀念，到茲時，台灣人猶無國家兮觀念，曷不是爾？

清朝中業小學初萌，到茲時，台灣兮大學中文系必須要學樸學，茲是基礎學問，若是不及格未使畢業，奈是初萌即謝爾？

民國以後，漢語雖然廢弛，但是大學中依然要學樸學，考研究所，樸學是三科兮分數，佔考試科目一半，爾說重要否？真重要兮！

（2006/02/26）

姚騰揚：

足下兮「覓」到底是何發音？令人起疑不解，台灣話有「搏節」也有「斟酌」，茲兩詞使用時機無相仝，爾若講「酌脈」倒更加令人不解，偕台灣人講兮話完全無一致。

若無適當兮音，著愛寫出切音，足下不時講卜恢宏漢語反切標音法，但是文中只有注音記號，完全無一絲一釐兮漢語切音，徒使人疑惑難明，也令足下之文意乎人看無，寡看足下佇美台灣偕人筆戰，定有茲一項欠缺，對議題分析無夠深入，譬如竹根欲知民進黨之作為，足下講答案置文章內，也無剪接著轉載文章，讀者無耐心讀長篇大論後擱臆爾兮意思。

覓之音：《廣韻》《集韻》《正韻》《韻會》皆从（莫狄切），（既然許多聲韻古籍攏講（莫狄切），不正是覓字兮覓），足下文意云何？也是乎人看無。

（派（去水部）甲骨文表山中之谷），出處為何？（覓字也是會意字），足下明明講覓是象形字，何以擱變成會意字也，形音義仍然不合。

（清朝時代並無國家兮觀念，何來清國之稱呼）

清帝國正式公文明言「大清國」，（朝／代）是中華民國欲將東亞大陸各族歷史納入中華民國歷史，以取得統治權正朔所創造，足下中著中華民國改編版歷史兮遺毒傷深，台灣人無國家觀念著是接受朝代史觀所致，（國家兮觀念出自十八世紀末，廿世紀初孫文創立中國，亞洲即有國家兮觀念）

茲兮是昧曉見羞兮國民黨坐井觀天，夜郎自大，欺騙世人兮講法。

小學之所以叫做小學，表示茲兮是基礎教育，是一切教育之根基，用來做研究所兮考試科目，表示中文系學生兮程度實不忍卒睹。

（初萌即謝）是講有清一國之末期已廢弛，潛心鑽研開立新基者已無，中文系必修無代表學生兮小學能力具足。

（民國以後，漢語雖然廢弛，但是大學中依然要學樸學）

漢語若廢，大學所教之學則不足為學矣，大學愛讀無代表學生讀有好，國民黨竊台五十餘年，中文系學生若是讀有冊，漢語兮地位倒不是茲今也焉爾。

寡實在無想卜講茲也話，足下之小學基礎實應加強，否則不足以說理析由以服人，寡自認有了解足下對漢文化兮想法，但是不時看著足下大放天馬行空毫無出處兮言論，實在令人憂心。

既然卜做漢文化兮義工，說理方面須要詳明，否則本底會使做朋友兮網友反倒誤成敵人。

足下受國民黨教育之殘毒未清，必須將頭殼內學校教育之內容全然捨棄淨空，世間學問之真諦即看會清。

若無，不管若濟真相出現眼前，猶原當做是假，若是有緣，以後爾著會了解寡兮諫言，若是無緣，吾也不再忝為人師。

（2006/02/27）

Sofia：

請問藥兒寄來未？我攏無收著，不別字換成無覓字，就知也覓如何發音。

（若無適當兮音，著愛寫出切音，足下不時講卜恢宏漢語反切標音法，但是文中只有注音記號，完全無一絲一釐兮漢語切音，徒使人疑惑難明，也令足下之文意乎人看無）

茲是之台灣兮學生普遍兮缺點，學習漢語切音兮機構實在真少，我有心要學，但是無地學，我兮翁婿提一本彙音寶鑑，我看舉工看攏無，我有文章貼上去，但是被刪除，爾兮使去我兮sofia部落格看覓。

（（派（去水部）甲骨文表山中之谷），出處為何？）

茲是文字學兮學問，許慎兮說文解字也有，（覓字也是會意字），拆開來爪目几是象形字，合起來成會意字。

（清朝時代並無國家兮觀念，何來清國之稱呼），清帝國正式公文明言〔大清國〕，我高中大學讀兮歷史完全無大清國兮名詞。

（（朝／代）是中華民國欲將東亞大陸各族歷史納入中華民國歷史，以取得統治權正朔所創造）

茲完全講倒反矣，中華民國極力宣揚國家兮觀念，拋棄朝代兮觀念，但是文學院猶原使用朝代，我過去確實中著中華民國改編版歷史兮遺毒稍深，但是我茲瞬兮觀念不是過去兮觀念，我是自己摸索得來兮，體悟出國家兮觀念始字十八世紀，清朝創立十七世紀，根本無國家兮觀念，台灣人無國家觀念，並非是接受朝代史觀所致，而是殖民地兮關係。

（國家兮觀念出自十八世紀末，廿世紀初孫文創立中國，亞洲茲有國家兮觀念）

茲兮不是國民黨講兮，而是我之網路和藍軍辯論講兮，國民黨和共產黨攏講「國家」兩字始自堯、舜、禹、湯、文武、周公，我自去年不斷糾正網友兮觀念。

（小學之所以叫做小學，表示茲兮是基礎教育，是一切教育之根基，用來做研究所兮考試科目，表示中文系學生兮程度實不忍卒睹，（初萌即謝）是講有清一國之末期已廢弛，潛心鑽研開立新基者已無）

並非是焉爾，小學始自晚清兮劉鶚因為到藥房買龜甲，發現上面有字，然後蒐集研究，發展出文字學，聲韻學更晚，章太炎是大家，伊是溥儀兮老師，好像是如此。

至於訓詁學比較早，始自春秋戰國年間，因為文字獄興起之緣故，中文系必修不代表學生兮小學能力俱足。

（漢語若廢，大學所教之學則不足為學矣，大學愛讀無代表學生讀有好，國民黨竊台五十餘年，中文系學生若是讀有冊，漢語兮地位倒不是茲今也焉爾）

同意爾兮說法！

我仰望兮使充實茲方面學問，從今我會潛心向學，不再發表文章，我感覺有也是無了工。

（2006/02/27）

姚騰揚：

不再發表文章未免傷嚴重，不過足下實在寫傷濟文章也，文章貴精不在多，即興為文往來易犯思慮不精之病，久之易致妄言兩舌麤言綺語，讀者兮反應會左右作者兮心思，莫怪會感覺無了工，不妨將理論整理做一篇，以後有人問起，直接轉貼便是，可參照先秦諸子筆法，言簡意賅，條分縷析。

足下實在也真好笑，定定叫人恢復漢語切音，結果本人卻是未曉，尊夫會曉使用彙音寶鑑，但足下未曉，莫怪足下兮意見時常不採納。

入來漢文界，若講是國文系學生，卻是未曉漢語反切，一定笑破人兮嘴，叫爾擱轉去加讀幾年冊即來學人風花雪月。

免煩惱，以足下兮文學基礎，不免一週著有法度讀通八音呼法，若是寡來教，不免一點鐘著通也，江湖一點訣，講破無價值。

彙音寶鑑有出錄音帶流通，會使買來自學，不過也著勤查字典即會熟手，只要看有漢字，著有法度呼音，漢語切音真正簡單，斷非羅馬字派所講難學之極。

sofia部落格並無更新，是卜看啥？

（派（去水部）甲骨文表山中之谷）

說文解字曰水分流也，我是想要知山中之谷兮出處，不是說文解字。

（我高中大學讀兮歷史完全無大清國兮名詞），茲兮是教材有問題，清廷偕外國簽約一律使用清國一詞。

（國家兮觀念出自十八世紀末，廿世紀初孫文創立中國，亞洲茲有國家兮觀念）

若焉爾，日本成立國家不倒比中華民國較晚？

台灣人倒是中著國民黨以朝代史觀洗腦兮毒，大言不慚講漢晉隋唐宋元明清攏是中國人兮，教地理上兮中國一詞當做是國家稱謂，因此中國一詞著會使包山包海，無所不能，唯我獨尊。

茲兮是乎國民黨殖民所教著兮史觀，爾卜講是被殖民所致也無所謂。

孫文是卜提倡漢族國家，但是蔣介石兮御用文人卻採用兼納多族歷史兮朝代史觀，小學之訓詁學肇始於爾雅，文字學始於說文解字，聲韻學始自廣韻，不是清國即開始。

清國因為外族統制，採取拑制讀冊人思想兮政策，士子只好將餘力轉向小學始不肇禍，始有樸學之因生，樸學（清人創治之小學）即是清國時期產生。

若無，民國以後出世兮小學大家是有何人？

現今寄生佇大學兮教授不過是照本宣科兮九官鳥，何人提會出迥異前人兮新論？章太炎死值民國，豈非謝世？

藥也值二／二十四著寄出，以後看是卜寄去學校較緊？抑是茨？

（2006/03/01）

Sofia：

實在講，我尋無人像爾焉爾指點，我是真感謝！

不再發表文章是感覺無影響力，寫兮也是無了工，歸去專心作畫，而且我兮文章也須要整理，所以等我整理告一段落擱再講，思慮不精乃因知識不足，我所缺欠兮就是漢音反切兮知識，大學有教廣韻，不過是教如何查切音，至於彙音和廣韻似乎差很遠，我是提倡復興漢文化，順便提到漢語切音來做反證，並不是要提倡漢語切音，因為讀書寫字寫文章，切音只是一小部分，當然切音是基礎教育，茲時瞬我茲明白為什麼大學中文系不教漢語切音，一教漢語切音，所有歷史兮謎團攏總解出來。

我並未入來漢文界，只是一兮人摸來摸去，漢文界不知我茲兮人，台灣所有兮國文系學生，攏未曉漢語反切，不是我而已，我也感覺真見笑，所以仰望專心修補茲兮缺欠，爾若是願意教我，我先拜師喔！

清廷偕外國簽約兮時瞬值十八世紀，已經有國家兮觀念，美國值一七七六年獨立，獨立兮時瞬並無國家兮觀念，一直到法國盧梭（Jean Jacques Rousseau，西元一七一二~一七七八）（簡介：盧梭，法國著名的思想家、文學家。幼時……著有《民約論》、《愛彌兒》、《懺悔錄》等書，影響後世甚鉅。或譯作盧騷）民約論一書主張天賦人權之後，人權思想出現，國家的觀念茲誕生。

因此國家的觀念在十八世紀末，十九世紀初，當時清朝值列強侵略，簽約書中英滿漢文並列，有清國名稱應該始自十九世紀，並非清國立國的十七世紀中，即使如此，國家依然只是一兮名詞而已，孫文創立中國至今九十五年，國家兮觀念依然是真模糊，抑無為怎樣有軍閥割據？為怎樣有兩兮中國？茲是因為毛澤東、蔣介石無國家兮觀念，只有政黨兮觀念。

民進黨強調國家認同，茲出現國家兮觀念，但是國家認同無助兩岸僵局，所以我一直強調民族認同茲有助台灣。

日本是一兮國家應該始自明治維新採取西方觀念開始茲有國家，抑無幕府時代猶不是軍閥割據兮時代，明治維新比中華民國恰早，當然日本會恰強。

（台灣人倒是中著國民黨以朝代史觀洗腦兮毒，大言不慚講漢晉隋唐宋元明清攏是中國人兮）

茲句話一半對，一半不對，朝代觀念是傳統兮觀念，並非是國民黨蓄意培養兮，「大言不慚講漢晉隋唐宋元明清攏是中國人兮」，茲是歷史正朔使然，並非是國民黨或者是共產黨蓄意兮。

因為之歷史兮紀錄，孰人取得政權，孰人就代表歷史，閣下無歷史兮基礎，茲兮講焉爾。

（教地理上兮中國一詞當做是國家稱謂，因此中國一詞著會使包山包海，無所不能，唯我獨尊）

茲也是歷史正朔使然，並非是國民黨或者是共產黨蓄意兮。

（茲兮是乎國民黨殖民所教著兮史觀，爾卜講是被殖民所致也無所謂）

請爾不當講我兮觀念和藍軍相像，我就是因為觀念一直不同藍軍，茲兮被人排擠，我是獨立思考兮人，不是藍軍，或者是綠軍，所以不當講我兮觀念受藍軍洗腦，茲兮講法真傷人喔！

採用兼納多族歷史兮朝代史觀是康有為，梁啟超，因為茲兩位是保皇派，如果採取孫文漢族主義，皇帝會真慘，所以茲兮採取五族共和，五族共和代表滿族雖然政權不保，但是實力還在，如同今日兮藍軍，雖然政權不保，但是實力猶在同款。

（小學之訓詁學肇始於爾雅，文字學始於說文解字，聲韻學始自廣韻，不是清國茲開始）

第一次聽著茨，茲是焉怎？

（2006/03/02）

姚騰揚：

（厝）是台灣民間普遍用字，康熙字典無收，古文也無出現。其實（次）即是本字，但次義甚多，茨義單一不易誤故擇用。

茨：《說文》以茅蓋屋，《釋名》茨，次也，次，草為之也。

（茨，次也）—是講茨之音義（因為次者，舍也）

（次，草為之也）—是講茨之材質，台灣人不是講草茨？

（以茅蓋屋）—表示許叔重是講客話，漢文講茨，客話講屋

短短一句話著表達滋濟大誌，聲韻學不奈切音，語詞借文字兮歷史衍派攏是（文以載道），文化是靠語言加文字傳承記載，語文弄無清楚，何來宏揚文化之有？

（君子務本，本立而道生）小學既是根基，奈會使刻意疏忽，若焉爾著不是漢文，而是借漢文之屍還胡人之魂，若以茲一種態度做學問，所悟識見會變做胡漢相雜，卜復興漢文化，若提未出正確兮佐證是卜焉怎說服人。

所以寡講愛教學校所學淨空，對基礎重新讀起，焉爾基礎有在，即有法體悟漢文化之源。廣韻是聲韻學之初型，學起來簡單，實用性差，彙音寶鑑引用兮切音系統是目前尚進步兮系統，切合實用，但學習須人引入。

（我兮文章也須要整理，所以等我整理告一段落擱在講）

茲兮是寡想卜講卻不敢講兮諫言，勸閣下切莫為文章而文章，應該詳加考據，若是出冊無法度大銷，尚無留一本正港用漢文完成兮小說以供後人借鏡，若無利取，至少留名，若無寫冊所為何來？

不通像所謂台語本土作家，不是借日語，著是借北京話來寫台灣文學，到底是何種文學？啟人疑竇！

（思慮不精乃因知識不足，我所缺欠兮就是漢音反切兮知識）

若是講漢文，聲韻學兮欠缺確實是閣下首先兮問題，但是講漢文化，恐驚闕如不只一端。

Rousseau是高中生常識，不勞紹介。

（但是國家認同無助兩岸僵局，所以我一直強調民族認同即有助台灣）

此言差矣，文化認同即著。

若強調民族認同，倒無法收編文化水準較高兮漢人，偕不願被講漢化兮先住民，漢人即不願偕胡人仝族，先住民也不願承認漢人對台灣兮統治。

朝代不是傳統兮觀念，是民國以後為著收編各族創立兮觀念，清國即未講明史是清人兮，國共兩黨即採取朝代兮講法，所謂正朔是針對地理中國統治權之正朔，不是歷史之正朔。

不是佔九州著代表歷史，而是佔後擱須要搬出孔子後代祀天來取得接受漢化各族之認同，寡是教國民黨教兮歷史基礎井入去焚化爐，自力重新研讀歷史，自然無閣下所謂兮歷史基礎，寡高中讀過資治通鑑，大學讀史記，近年讀戰國策，對吾而言，學校教兮歷史不如糞土。

寡無講爾兮觀念親像藍軍，也無講爾兮觀念乎藍軍洗腦，不知爾是由何文句推衍而來？不過，寡茲今也認為閣下不只漢學基礎須重建，歷史觀點也須重建，不是講閣下所學無效，而是因果關係須要釐清。

（採用兼納多族歷史兮朝代史觀是康有為、梁啟超，五族共和代表滿族雖然政權不保，但是實力還在，如同今日兮藍軍）

豈不表示藍軍悖逆孫文學說，蓄意採取朝代史觀以渙散台灣人之民族認同。

十五音呼法加八音反法，足下焉有所知？

了解爾兮進度即有法度繼續

Sofia：

茨：[說文]以茅蓋屋；[釋名]茨，次也。次，草為之也，出現在說文？為怎樣古文不曾讀過？照理講，茲是真普遍兮詞，為怎樣不曾出現在古文之中？

我想爾不知我過去兮經歷，所以有淡薄誤解，實在講，我並無什麼文化使命，也無什麼學問兮使擔任茲兮使命，完全是因為誤打誤撞，起先是因為2004年大選，我看民進黨兮戰略完全錯誤，所以提出民進黨錯誤兮思想戰略，之後提出漢人復國在台灣，完全是因為軍事戰略兮眼光講兮，孰知也，愈想愈深，想到文化，想到語言，想到文字，然後發現自己所學實在是淺薄，所以不斷翻字典糾正錯誤，與網友之大陸辯論若修正觀念，一直到遇到爾，我兮漢文化真正是漁船睹著大海，真正渺小兮。

聽爾焉爾講，我從頭學起，我大學聲韻學教授用廣東話教聲韻學，逐家攏聽無，居然有人考七十分，真利害！我一句都聽無！

（2006/03/03）

十九、漢文為何直書非橫書？

在漢人的文字中有關「直」都是良善的，有關橫都是邪惡的，古人說竹子高風亮節，因為竹子又正又直，台灣人條直、憨直、正直，孔子說「友直、友諒、友多聞」。

「螃蟹走路」的歇後語是橫七豎八，台灣人說橫柴夯入灶，歇後語橫偕哩价、橫肉面、橫逆、橫財、橫肉生、橫眉蹺目、橫死他鄉。

漢人的文化中美化直，醜化橫，可能與生活有關，漢人個子矮小，凡是增加視覺高度的都能增加美感，節省空間，避免擁擠，由此觀之，直線可以增加漢人的視覺美感，反之亦然，橫線愈增漢人矮小的缺陷，增加空間使用，壓迫他人的空間。

從生理觀察，身體橫長，橫生都屬異常，孕婦如果橫生則有生命危險。

從物理觀察，地心引力使人體直線生長，橫線生長大多是畸形生物。

人類四大文明，非洲埃及，中東兩河流域，印度以及亞洲黃河等四大文明除了漢人的文字直書，表意，並且發展出文字藝術，其他非洲埃及，中東兩河流域，二大文明都是橫書的拼音文字，拼音文字無法直書，漢字方塊文字與印度梵文都可直書，可橫書，不受限制。

受到西方文化影響，近一百年的漢文漸漸橫書，鮮少直書，只剩下書畫藝術保存古風，如果有一天，連書畫藝術都淪為橫書，美嗎？

（2006/02/26）

廿、自作多情的蘇菲亞？

早上起床之後整理文稿到十點多，休息一下看電視，假日時間十點到十二點是民進黨二位帥哥美女的節目，通常我都是看一下標題就轉台，這個節目不太吸引我。

打開電視，從六開始按，按到二十，聽到江蕙「自作多情」，忍不住技癢，糾正一下歌詞：

「作詞：武雄　作曲：陳子鴻　編曲：陳飛午

今夜兮風吹不停，又吹亂城市，吵鬧兮夜景兮爾兒冷

想著青春兮過程，有真濟心酸，浮之阮面前

＊心愛兮人叫未應，無意愛兮人雖然真熱情，我不肯

聽見情歌之爾叮嚀，原來是痴情已經退流行
＃矣！紛紛擾擾，風風雨雨，世事轉矣，轉不停
難免兮恩恩怨怨，有情夢，無情債，早慢我會還
甘願用寂寞交換平靜，不願為名利自作多情
我只有笑家己，不夠聰明！」
聽到「不願為名利自作多情，我只有笑家己，不夠聰明！」我的眼淚又掉下來。
為了復興漢文化，我晚日在網路喋蝶不休，荒廢家務，忽略丈夫兒女，終於激怒全家，夫婿大怒咆哮，女兒將我的光碟藏起來，我哭著尋找光碟，喊叫「這是我十年的心血！」，我失去理智與全家對峙，我的夫婿哭著求我醒一醒，說我的作品只是一堆大便，不要當是寶！

我的心碎成萬片，十年的心血在夫婿的眼中只是一堆大便，當我決心不再寫作的時候，居然聽到黃光芹說民進黨官員拿漢語和美國人溝通廢統，以為聽錯了，停下來仔細聽，黃光芹又說了一遍「漢語」，後面再補充中國文字。

這是真的嗎？電視上終於出現「漢語」，當我決心不再寫作的時候，綠軍口中居然出現「漢語」！我熱淚滿眶，凝心肝問自己：「蘇菲亞自作多情嗎？」

（2006/03/04）

廿一、漢文癰疽該如何發音？

長庚醫院中醫部婦科陳建霖醫師，託我審視漢醫湯頭歌訣發音是否正確，這是漢醫理事長陳長河醫生親自錄音的歌訣光碟，本人回家仔細反覆聆聽，實在真感心，獲益良多。

不過音、調有部份錯誤需要更正，其中印象最深的是癰疽二字漢語該如何發音呢？

歷史上罹患癰疽的人物，比較出名有四個人，楚漢相爭之時，項羽稱亞父的范增，漢文帝，唐詩人孟浩然，以及宋太祖趙匡胤。

楚漢相爭時，項羽中了陳平的反間計，一怒之下范增一走了之，離開項羽，但剛回老家，范增就「疽發而亡」，一命嗚呼，范增輔佐項羽時，已七十高齡，誰料忠心見疑，急火攻心，促使癰疽復發亟亡。

漢文帝朝中，有個寵臣，叫做鄧通，出則隨輦，寢則同榻，恩幸無比。

其時有位神相許負，相鄧通之面，有縱理紋入口，「必當窮餓而死。」

文帝聞之，怒曰：「富貴由我！誰人窮得鄧通？」遂將蜀道銅山賜之，使得自鑄錢。當時，鄧氏之錢，布滿天下，其富敵國。

一日，文帝偶然生了癰疽，膿血進流，疼痛難忍。

鄧痛跪而吮之，文帝覺得爽快，便問道：「天下至愛者，何人？」

鄧通答道：「莫如父子。」恰好皇太子入宮問疾，文帝也教他吮那癰疽。

太子推辭道：「臣方食鮮膾，恐不宜近聖。」太子出宮去了。

文帝歎道：「至愛莫如父子，尚且不肯為我吮疽。鄧通愛我勝如吾子。」由是恩寵劇加。

皇太子聞知此語，深恨鄧通吮疽之事。文帝駕崩，太子即位，是為景帝。遂治鄧通之罪，說他吮疽獻媚，壞亂錢法。籍其家產，閉于空室之中，絕其飲食，鄧通果然餓死。

公元七四一年，唐玄宗開元二十八年，詩人王昌齡南游襄陽。襄陽籍著名詩人孟浩然，此時癰疽發作，即將痊愈。但老朋友來了，好客的孟浩然難免要盡地主之誼，設宴款待遠到的貴客。

漢江中的螃蟹，味極肥而美，歷來是襄陽人宴席上一道美味，觥籌交錯，賓客相談甚歡，忘乎所以的孟浩然，見到螃蟹就舉箸品嘗。

不料「食鮮疾動」：客人還沒走，孟浩然已經病倒，很快辭別人世。

另外，宋太祖病癰疽駕崩，權柄受與其弟宋太宗，以上四位是歷史上有名的癰疽患者。

說文解字：疽，久癰也，從疒且音。

說文解字：癰，腫也，凡墳起之名，從疒雝音，於容切，音雍。

所以癰漢語發音為「雍」，台灣人發音「ㄧㄥ」與說文解字的雍，韻母稍微走音，不過非常接近，難以辨認。

台灣人說生癰兒，皮下化膿的腫瘤，發音「應」，對照古文竟然一致無恙。

從文字學來說，所有雍偏旁的字都發（ㄧㄥ），比如應、蕹，癰，雍等，台灣人稱蕹菜為「ㄧㄠ」菜，這是形聲字。

疽台灣人發音疽「ㄑㄧ」，比如得疽「ㄉㄡ ㄑㄧ」。

疽說文解字从疒且音，「且」台灣人發音「ㄑㄧㄚ」，疽台灣人發音疽「ㄑㄧ」，「ㄑㄧ ㄚ」，「ㄑㄧ」，韻母稍微走音，不過非常接近，難以辨認，這是語音演變正常的現象。

從癰疽之音追溯台灣的語言竟然與史記的時代一樣久遠，變遷不大，台灣人說的話與漢朝人說的話一模一樣。

（2006/11/06）

廿二、毋通抑是不當？好腳數抑是漚胯數？

提出問題：照實講，「呣通」講不實（語音beh8 cat8）。台語mh8 tang，一般作「呣通」。「呣通」依字義「呣」同「謀」，「通」為「通達」，「呣通」應為「謀取通達」，怎有「不可、不當」的意思呢？

回　　答：所以mh8 tang的本字就是「不當」。

討　　論：「不」讀音but，語音mh8，其語、讀對應韻尾呈h-t對應，如前回「不實」詞已舉證，不再重述。聲母呈m-b對應。「當」讀音dong，語音tang時，其語、讀對應聲母t-d應視為混同聲母，其韻尾ng-ng相同，韻母呈a-o對應，舉證如下：

舉　　證：（一）「不」聲母呈m-b對應

「不」語音mh8（不當）、讀音but

結　　論：確實台語是精緻的語言，不能不講求意義。所以應寫作：照實講「不當」講不實。

指　　導：吳坤明

撰　　文：呂理組
報導日期：2006/06/21

Sofia回應：

我看了呂理組先輩所撰「×呣通　〇不當」，文中列舉與本人所學差距甚遠，一般人對文字有所疑慮，通常先查說文解字。

本人遍查說文解字並無「呣」之字，呂先輩所言毋為象形字更令人啼笑皆非，象形字「母」字為女字兩手含胸，胸中兩點為乳，經過文字演進兩點由左右變成上下，成為今大的母，說文解字曰古文「毋」為「無」，古文有「無」，無「毋」，論語中已出現「毋「，可見文字跟著時代演變，東漢的許慎採納「毋」為「無」之意，可見「毋」比「無」的時代更晚，而象形字是人類最早的字，由此推論「毋」為象形字實在是ＸＸＸＸ。

既然說文解字找不到「呣」，同「謀」又從何而來？

「呣通」應為「謀取通達」又從何而來？

「瀕」說文解字作濱，語音mi（臨瀕）、讀音bin5，從何而來？

古書有瀕臨並無（臨瀕），不知此說從何而來？

虫為象形字，是一種蛇，說文解字並無螃這個字，所有虫字邊的文字都是形聲字，螃應該讀旁邊的旁，「螃」語音mo（螃蟹）、讀音bong5，不知此說從何而來？

（2006/06/26）

回應sofia問題

(1)×佇佗位　○在底位　○在那位　請見本欄第8回

(2)×戒薰　○戒菸　本欄近期論述

(3)×四界飛　○四下飛　○四處飛　請見本欄第9回

(4)負行：音hiau hing辜負人家的行為，與「失德」同意，也有講「負行兼失德」。sofia先，你的正確寫法是甚麼？請作參考。

(5)「腳色」「角色」是演戲的演員，如代表勞力數量是「口數」，不是「腳數」，算「口」才是「人數」，算「腳」是加倍了。「腳色」「角色」「腳數」「口數」四詞的語音都可唸giorh siau3。但「腳數」唸作giorh siau3時，是無意義的語詞。

(6)我（理組）不目（不曾）（在第42回）講過「毋」是象形字。

(7)我講「呣」同「謀」，請見康熙字典P109、P113解釋。

(8)「瀕臨」是「臨瀕」的倒裝詞，請見本欄第10回

最近稍許忙繁（sior kua vor5 ing5），第43回、44回，下週補足。多謝指導！

呂理組於2006/06/28回應

sofia：

失禮！

講「毋」是象形字衍生也是王啟陽先生，本網站過去也文章如何找呢？

我不曾看過去兮文章，但是以讀古文數十年兮經驗不曾讀過「在底位」或者是「在那位」。
底：說文解字从广从氐，音丁，止或下之意。
位：說文解字从人从立，音謂，古文「位」做「立」，也就是說立於朝中謂之「位」，所以「位」有崇高的意思。
那：說文解字無那字，「那」應該是北京語文，非漢文。
所以「在底位」或者是「在那位」與咱台灣人講兮「之它位」精差真遠。
我就是不曾聽過臺灣人講負行，茲兮質疑「負行」二字，我讀古文數十年兮經驗，聽過、讀過薄倖，不曾聽過、讀過「負行」二字，所以茲兮請問呂理組先輩「負行」二字從何而來？
台灣人講「失德」，不曾講「負行」。
「腳色」、「角色」既然是演戲的演員，茲不是勞力數量，過去演戲和勞力不是同一意思。
而且「口數」，與「腳數」發音精差真遠，
「口」：說文解字人所以言食也，舌下亦曰口，所以言別味也，所以口在東漢許慎時期與食同意。
「腳」說文解字腳脛也，從肉卻聲，符合台灣人說的「腳數」音卻數，有氣魄的男子漢之意，與「腳數」音「咖數」形音義皆差之甚遠。
依本人猜想應該是「胯數」比較合乎形音義的原則。
胯：股也，兩股言曰胯，廣韻曰，兩股之間也，史記曰，不能死，出我胯下。
過去誤為「尻數」，實為汗顏。【尻：說文解字从尸九聲，尻今俗云溝子是也，「尻數」，放屁放屎之數，極近鄙視之義，與台灣人說的「尻數」音近義合。】

「漚」說文解字：「久漬也」从水區聲，楚人曰漚，齊人曰诿。台灣人說漚鹹菜，漬卦菜的意思，也有壞的意思，比如漚尻數，等於外省人說的孬種。

（2006/06/29）

廿三、閱〈談漢語本字的尋尋覓覓(二)〉有感

看了開南大學臺灣語文教授林政華這篇文章，有幾點疑問就教貴教授：

(一)、文學使用族語表達的正當性！

請問族語的定義為何？

如果說台灣族，請問台灣族有多少人承認？有多少年歷史？有多少人口使用台灣族語？

中世紀義大利詩人A．Dante主張用義大利人的「族語、白話」書寫，而不再沿用古希臘羅馬以來的拉丁語，但是，今天義大利北邊的馬其頓共和國堅持傳統的古希臘拉丁語，請問這是什麼原因？

達文西編著《托斯坎尼亞語大辭典》，是義大利「俗語」的集大成，請問有多少人研究達文西編著《托斯坎尼亞語大辭典》？

漢人的「爾雅」紀錄各地的方言，也就是許多族的族語，因為當時中原地區並無統一的語言，請問有多少人研究爾雅的方言？

達文西編著《托斯坎尼亞語大辭典》，東方的爾雅比起西方的《托斯坎尼亞語大辭典》早約一千五百

年，有什麼稀奇嗎？

英語風行全球，請問有多少人識得蘇、威、北愛語？

葉石濤說：「用母語創作文學是應該的，例如原住民的語言來寫小說，是沒有甚麼好討論的。」問題是多少人懂原住民的語言，更何況讀原住民語寫的小說？使用母語是人權，的確是這樣，但是如果強加少數族人母語為官方語言，這樣對嗎？

我的問題是母語存在是人權，但是通行語言是勢力，台灣的民進黨因為人權而忽視一股龐大的通行語言勢力，非常愚蠢！

(二)、臺灣語文學使用台語漢字的歷史考察，請問台語是世界漢藏語系之說從何而來？有何學術根據？

今日，在臺灣，漢字不是法定文字，法定文字是白話文，並非漢文，人人看得懂，人人會寫的是白話文，是五四運動胡適提倡的白話文，並非漢字，教授何以顛倒是非呢？

有音無字乃所有語言學皆然，並非台灣特有。

孔子並非商周人，而是魯人，孔子的論語並非魯語，而是當時通行的雅言，也就是商朝的官方語言，而商朝位中原地區偏南。

黃石輝說我們是臺灣人，所以要用臺灣話文寫作，我認為黃石輝不懂文學藝術，舉繪畫藝術來說，畫家的寫實畫並非照單全收，必須透過畫家的筆觸，經過一番安排，才算是藝術作品。

文學亦然，臺灣話只是文學的素材，作家利用素材巧思佈局成為文學藝術，所以作品才是主體，母語只是素材而已。

大家看懂或不懂並不重要，重要的是作品能不能感動人。

如果一篇人人看懂的作品卻不能感動人，這樣的作品有藝術嗎？

這就是今天臺灣文學運動的偏差，作品不只是給人看的，而是要感動人心的，所以素材並非主因，也就是說是否用台語並不重要。

如果寫作的目的在掃除文盲，郭秋生沒有讀文學史，歷史上，文學一直屬於貴族，而貴族能寫出黎民庶子的心情才足以稱貴，這就是文學的本質。

文學史尚未出現白丁寫的文學作品流傳千古，都是民間流行的歌謠經過作家巧思之後成為文學藝術之作。

仔細閱讀這篇聲韻學，實在令人啼笑皆非！

(一)、在原位轉換

1、聲母轉換，例如：甕a ng3（語音）何時讀o ng3（讀音）兒？應該書明出處。

2、韻母轉換，例如：力lat8何時讀lek8頭？應該書明出處。

3、尾音轉換，例如：諸cha1：chu1 甫何以是（男人）？應該書明出處。

男是會意字，甲骨文指在田中出力之人謂之男，諸甫兩字出自何處？

2、陽聲轉陰聲，如：媳sim1：sit婦

此說尤其天馬行空，新婦與媳婦是兩個名詞，新乃平聲，媳乃仄音，天差地遠，怎會混成一音呢？

類似這樣的天馬行空胡亂湊的聲韻學不勝枚舉，實在不忍卒睹。

例如「秀」的相反是「穲」，如果有此字應該是形聲字，唸黑才對，但是卻念ㄉㄞ ㄧ，發音既然天差地遠，就不對，不合漢字形音義的造字原則。

如果古作「稂」此字應該是形聲字，唸荒才對。

後作「穢」，音ㄏㄨㄟ，指蕪穢，田中多雜草；在農人看來是惡臭不美的了。此字應該是形聲字，唸歲才對，台灣人唸ㄏㄨㄟ，與歲數的歲同音，可見發音同東漢時期的古音，合乎漢字形音義的造字原則。

至於「噹噹」與「端端」之說，如此胡亂湊，實在不忍卒睹。

(二)、「代誌」與「蛇至」之說，如此胡亂湊，實在不忍卒睹。

結論：看完本文，只感到牽強附會，啼笑皆非。

（2006/07/13）

廿四、有酒矸通賣無抑是有酒缸當賣否？

桃園社區大學呂理組先輩提出問題：

台灣大約在一九七〇年代之前，有騎著貨用三輪車，大街小巷，邊走邊喊：有鴨毛、酒甄（酒瓶）tang賣否？此句台語tang字一般寫作「當」「通」，正確嗎？

回答：

用「當」「通」有音，義不符。

用「聽」「等」賣嗎？比較合理。

討論：

「聽」有「聽候」「聽任」「等候」的意思，「聽」讀音ting，語音tang時，其語、讀差異，僅韻母呈a-i對應，舉例如下：

舉證：（一）韻母呈a-i對應

「聽」語音tang（有雞聽賣否？）、讀音dik。

結論：

台語不是到台灣才產生的語言，它早出現在漢朝之前的中原地帶，幾乎有音便有字，所謂有字，絕對不是那種「諧音字」，台語所用的文字，必須「音合義切」的字才對。把「豐年登」寫成「好年冬」，把「不實」寫成「白賊」是有音義不符的語詞。

指導：吳坤明

撰文：呂理組（2007/07/15）

Sofia回應：

閱讀上文，本人與作者見解差異甚遠。

「有酒矸通賣無」流行歌曾經轟動台灣的歌壇，至今依舊膾炙人口，「有酒矸通賣無」的文字正確嗎？

呂理組先輩提出酒甄一說，「甄」說文解字，匋也，匋也，作瓦器也，從瓦，甄聲，這是形聲字，瓦是義，甄是聲。

酒甄與台灣人說的酒矸，發音天差地遠，本人認為應該是「酒瓨」才對，「瓨」說文解字：　罌長頸，受十升。

史記貨殖列傳曰醯醬千瓨，醯（ㄒㄧ）醬者，今之醋也。

論語：「或乞醯焉。」乞醯，向人借醋。

從瓦，工聲，字亦作缸。

說文解字瓨，乃指裝十升的醋瓶子，瓶子的頸長，造型接近今天的酒瓶，因此，酒瓨，酒缸，與今天臺灣人說的酒矸，發音非常接近，可見原來的文字應該是酒缸，史記裡寫做酒瓨（ㄐㄧㄤ）。漢文發音「工」（ㄍㄤ）

古文有不當，臺灣人無知誤做「毋通」，不當、毋通音近義合，呂理組先輩提出毋聽，聽與當天差地遠，何來此說？應該標明出處，茲以服人。

再說（有雞聽賣否？）、（有雞等賣否？）、聽是平聲，等是仄聲，平聲怎會轉成仄聲呢？根本不合聲韻學理論。

在古詩律裏，平聲、仄聲有非常嚴格的規定，所謂一三五不論，二四六分明，所以平聲不可能轉成仄聲。

（臭屁）（油漆）亦然，臭是去聲，漆是仄聲，不可能轉音，（不實）實是仄聲，「白賊」，賊是仄聲，但是發音部位不同，不可能轉音。

結論：本網的文章本人覺得許多牽附會之說，諸多不符小學理論，大家應該多充實訓詁、聲韻、文字學等學問才能宏揚我漢文化的精隨—漢字。

（2006/07/24）

sofia先：

（1）b p m等羅馬字是音符，不是文字，是記音工具，對於台灣漢語，不論語音 讀音，都可100/100記出。請撥空，我願接受面試，請學會它，不要排斥它。

（2）tang賣否，可作聽賣否？，也可作等賣否？聽tang/ting之語讀對應平／平當無問題，等tang/ding2之語讀對應平／仄，已有上次數例告知，也無問題。我無雞同鴨講吧？吳坤明的課怕人不聽，不怕人聽，社區大學，8月下旬報名，9月初上課。大家為千秋不朽的台灣語文，共同發奮，再接再勵。

呂理組 在新浪部落　於2006/07/28

呂理組先輩：

我說羅馬拼音是原始符號，並未說羅馬拼音是文字，文章請看清楚，好嗎？符號與文字兩者相差甚遠，符號是原始的，文字是智慧的結晶，這是我反對羅馬拼音的原因。

羅馬拼音有四分之一無法拼出漢文，即使北京文也有許多障礙，請你看清楚我的文章，這些理論都不是我的，都是聲韻學專家的理論，我只是整理出來而已。

關於羅馬拼音的爭論在孫文成立中國的時候，曾經爭論一回，共產黨成立第二個中國又爭論一回，目前台灣國將立未立之際，羅馬拼音之爭論算是第三回，這些都是歷史重大爭論，關係漢文字的發展，我身為漢人子孫，怎能坐視漢字羅馬拼音化呢？消滅漢文字是大逆之道，人神共憤啊！

sofia在新浪部落（2006/07/28）

廿五、莊孝維抑是妝痟兮？

痟：說文解字：「酸痟，頭痛也。」

周禮疾醫，春時有痟首疾。

注云：「痟，酸削也，首疾，頭痛也。」

疏曰：「春時陽氣將盛，惟金沴木，故有痟首之疾。」从疒，肖聲。相邀切，二部。

說文解字這段話，意思是說春天的陽氣愈來愈盛，天氣像金鑿木一樣利，一般人都患頭痛之症。

台灣的某大學，老師點名新鮮人（莊孝維），全班哄堂大笑，婓痟兮意思是把人當瘋子，台語發音與莊孝維雷同，這則笑話不脛而走，全台蔚為風氣，口頭禪（莊孝維）成為經典名句。

台灣話罵人「痟兮」，有瘋子，裝瘋賣傻等多重意思，發音（ㄒㄧㄠ），形音義皆與說文解字「痟」雷同，合乎漢字造字的原則。

許多台灣話的字典另創新字為【猐】，這個字除了台灣地區的辭典之外，遍查古今各大辭典找不到這個字。

有一些台灣先輩說台灣話有音無字，本人認為每一種語言都有這個現象，有音無字多屬於原始語文，有音無字少則屬於進步語文，東漢許慎的說文解字，連非常稀罕的動物都查得到語文，可見漢文是非常先進的語文，絕大部分的台灣話在說文解字中都查得到，為何台灣先輩要另創新字呢？

最近，本人上網與研究台灣文字的先輩交流，總覺得台灣人研究文字已經脫離漢人造字的原則，出現許多光怪陸離的文章，完全不合文字學、訓詁學、以及聲韻學的理論，台灣的先輩研究台灣語文，有樸學的基礎嗎？

台灣的先輩知道台灣語文就是漢文嗎？

如果台灣先輩堅持以四百年前利馬竇發明的羅馬拼音標台灣漢字，這個行為和五十年前的共產黨文字革命有何兩樣？

羅馬拼音標的是北京字，無法標漢字，即使如此，羅馬拼音標北京字依然產生「四聲」、「送氣」、「破氣」等障礙，更何況漢字的入聲字更難標音呢？

研究中古史的杜正勝部長應該知道爾雅吧！知道爾雅就應該知道說文解字吧！那麼，杜正勝部長應該知道台灣字就是漢字吧！

所以，停止羅馬拼音吧！羅馬拼音是一個畸型物，既不能標音，也不能象形，更不表意，羅馬拼音是一個原始符號，漢字是世界上唯一的、先進的表意文字，是漢文化的精髓，為什麼台灣要選擇原始的羅馬拼音，而拋棄先進的漢文字呢？

身為台灣人應該引以為榮，台灣人說漢語，寫漢文，是漢人。

（2006/11/06）

廿六、紅極極抑是紅炬炬？

桃園社區大學台語教師園地呂理組先輩提出問題：

鐵包路ang5 gih gih，紅紙ang5 gih gih，作「紅記記」，對嗎？

回答：「記」音gi3，非gih。義無發形容紅的程度。音、義都不合，應作「紅赩赩」。

討論：「赩」大紅色，讀音hik8，語音gih時，其語、讀韻母i相同，（一）聲母呈g-h對應，（二）尾音呈h-k對應，

舉證：（一）聲母呈g-h對應，「赩」語音gih（紅赩赩），讀音hik。

結論：台語形容物體的顏色非常的紅，用「紅赩赩」來表達，才是正確的漢字的寫法。「紅記記」音義都不合，是錯誤的寫法。

指導：吳坤明

撰文：呂理組

報導日期：2006/07/26

發表於2006/07/28

sofia回應

五南圖書出版的《閩南語辭典》為「紅極極」，說文解字从木亟聲，凡至高至遠謂之極，本人認為五南圖書的說法比較合乎形音義之漢字造字原則。

用「紅赩赩」來表達，應該如何發音呢？「赩赩」從字面上看，應該唸色，色與極發音天差地遠。至於「紅記記」，音合義不合，應該是錯誤的。

請問「赩」字從何而來？字典查不到，說文解字並無此字，如果是新造的字，造字原則為何？會意

嗎？赤色與顏色豔麗的意思相差甚遠。

本人不反對造字，因為歷代都有新造的字，但是，造字必須符合漢字原則，不可胡亂造字，台灣的新字有許多都是胡亂造字，結果積非成是，居然有台灣學者採用，學者如此囫圇吞棗，怎對得起俸祿呢？

（2006/07/31）

sofia sen，感謝回應：

赩字典請查赤部，自可明白。康典在頁一一四二國民常用字典在頁一七四五。

造字可造，但只限新科學名詞，例如元素符號。祖先的話，字都早已造好了，我們今日找不著，不代表無字，也許明天有人就找到了。據本人最近的調查，原有記錄的語音字，約有一千二百字（含一字多音）。連新發現的語音字，本人手上有三千字（含一字多音），老師（吳坤明）手上有八千字（含一字多音）。所以諧音字，造字大可功成身退了。

呂理組在新浪部落於2006/07/31

sofia：

呂理組前輩，感謝回應！

本人習慣先查說文解字，再查廣韻，然後再查康熙字典。一般說來，研究文字的人通常先研習說文解字，研究聲韻的人通常研習廣韻與集運，因為說文解字是東漢時代的作品，是第一部有系統研究文字與聲韻的大部頭書籍。唐玄宗天寶年間孫愐把「切韻」刊正之後，改名「唐韻」。

「唐韻」其後陸續有增補修訂，至宋朝經過陳彭年等奉詔重修而成「廣韻」。「切韻」和「唐韻」已經殘缺不全，「廣韻」便成為現存最早、最完整、集中古音大成的韻書。而康熙字典收錄說文解字廣韻及唐韻切韻集韻等，但是也刪除許多漢字。

本人查說文解字並無「赩」這個字，康熙字典裡「赩」音奭，與極發音天差地遠，而且「赩」赤色無草木貌，與紅「赩赩」之義完全相反，形音義皆不合，何以前輩採用此字呢？

本人純粹為討論文字而來，得罪之處，請原諒。

sofia在新浪部落於2006/07/31

後來於歌兒戲詞中發現先輩使用「紅炬炬」，更合乎漢字形音義之原則，特更改之！

sofia（2007/11/20）

廿七、現流兒

桃園社區大學台語教師園地呂理組先輩提出問題：

這尾魚上蓋鮮，是「現lau5的」。一般人將lau5都作「撈」或「流」，對嗎？

回答：不對，應作「現潮的」

討論：這尾魚上蓋鮮，是「現潮的」。一般人將lau5誤作「撈」或「流」。

都會錯意或借音，正確的應作「潮」，「現潮的」意指「最近這次潮水來的」，滿潮、退潮即稱飽潮ba2 lau5、洘潮kor2 lau5，音之形成如下：「潮」讀音diau5，語音為lau5時，其語、讀聲母呈l—d對應，韻母呈a—ia對應，韻尾 u相同舉例如下：

舉證：（一）聲母呈l-d對應

「潮」語音lau5（現潮的），讀音diau5。

結論：台語是精緻的語言，一字多音及一音多字的情形，非常普遍，而且台語漢字，語音變化多端，一般初學者，總覺得有點亂，但亂中有序，有規則可循，要求一位初學者將「潮」讀作lau5，將「不實」讀作beh8 cat8，是難接受的，反而無意義的「現流」「白賊」，他們深信不疑。

指導：吳坤明

撰文：呂理組

報導日期：（2006/07/22）

發表於（2006/07/28）

sofia回應：

呂理組　先輩

每次看到先輩的文章，總感到十分疑惑，請問先輩讀過文字學嗎？為何撰文完全沒有文字學的基礎呢？看到先輩的文章，我總先查閱說文解字。結果，說文解字沒有潮，撈，流三個字。

如果這三個字是後人造的字，根據漢字造字的原則潮，撈，流三字都是形聲字，應該該念潮汐的潮，勞工的勞，流水的流，與呂先輩的說法天差地遠，呂先輩的根據為何？是否註明出處？

漢字有百分之八十屬於形聲字，這是非常有系統的文字學，為何台灣的文字學家掌握不到這個原則，閉門造車，製造出許多讓人瞠目結舌的文章呢？

sofia於（2006/07/30）

Eric回應：

呂先輩的根據為何？是否註明出處？

極度懷疑有人正在從源頭有系統地破壞台語

在新浪部落於（2008/02/05）

sofia版主回覆：

同意！（2008/02/05）

廿八、探討詩經深則厲

提出問題：潦（liau5）落去？

回　答：「潦」有潦草，潦倒等詞，都與涉水無關，自古以來涉淺水稱「涉水」涉深水為「厲水」。所以liau5落去，應作「厲落去」，而不是「潦落去」。

討　　論：〈詩邶風〉連衣涉水，深則厲。「厲」讀音le7，語音liau5時，語讀聲母相同，韻母呈iau-e對應，即三母併成單母舉例如下

舉　　證：三母併成單母（iau-e）

「厲」語音liau（厲落去），讀音le7。

結　　論：以「潦落去」當作「涉水」，僅有音無意，「厲落去」音義俱全。

指　　導：吳坤明

撰　　文：呂理組

報導日期：2006/08/09

Sofia：

本人曾經建議貴網站網友研習文字學訊詁學以及聲韻學等小學為基礎，才能研究台灣的文字，但是，一般研究台灣文字的學者似乎沒有小學的基礎，以呂理祖先輩這篇文章來說，〈詩邶風〉連衣涉水，深則厲。

「厲」在說文解字是假借字，《說文解字》頁四七七周禮之厲訓為禁也，有訓為涉水者，謂厲即濿之假借，如詩深則厲是也，從厂萬省聲。

說文解字這段話，可見厲與今天的潦，形音義均天差地遠。

潦說文解字，雨水也，从水僚聲，與詩深則厲的意思相差很遠。

再則，啟陽先輩說下是象形字，說文解字下乃轉注字，但是今天的文字學家都說下是指事字，下是哪

一種字我都沒意見，我覺得比較像會意字，但是絕對不是象形字。

貼一篇六書的文章，讓大家對文字學有一點基本觀念。

（2006/08/13）

廿九、趴趴走抑是波波走？

同意呂理組先輩「波波走」之文字，此乃正確之解，不過，貴網站時常提出孰爾音對應孰爾音，本人感覺真奇怪。

我在大學讀聲韻學，不曾讀過茲兮學問，所謂讀音、語音，只有台灣人有茲兮說法。過去漢語只有做官之人說兮話，鄭成功過台灣之後，王朝被滅，漢脈被斷，官話不再，流落民間，於是百姓轉為民間用語，所以出現語音以別於讀冊人之讀音，這是本人之淺見，是否如此，猶待肯定。

對王啟陽先輩之文，本人提出異議：

◎ 拋pa：說文解字並無此字，不過，說文解字所有手字邊的字都是形聲字，並非會意字。

拋pa_網vang_抓lia^魚hi˘，台灣人發音ㄆㄠ與北京字發音一樣。

◎ 趴pa_趴pa_走zau／，趴：形聲字。足=意符。八=音符。

趴：國語注音ㄆㄚ，漢語發音應該是八，與ㄆㄚ ㄆㄚ走精差真濟。

◎ 波per：奔bun_波per=辛苦奔走。

奔波：不是奔跑。而是為生計奔波，走闖之意

奔波：等於台語走zau闖zongˇ，不是踵。

◎走zau╱：在甲骨文是象形字，兩個「止」重疊，「止」在甲骨文是腳指頭，兩個腳趾頭代表「步」，「走」比「步」更快一點，就是北京字「跑」的意思，「走」與「步」都是象形字，「跑」是形聲字，可見「跑」出現比較晚。

期待貴網站網友能夠研習文字學，有此基礎才能正確又深入研習台灣文字，直言不諱，但請貴網站海量深思。

（2006/11/06）

卅、惴兮等！

提出問題：報社記者報導：郭遙琪部長下台前，部屬一個一個被蘇院長請下來，郭部長「剉著等chhuah le tan2」，此處「剉」音義正確嗎？

回　答：怕被革職，台語chhoah le tan2應作「怵著等」。

討　論：「剉」字義：斬截，讀音cho3、chho3，音義都不合。「怵」字義：恐也，讀音 thut，語音chhuah時，（一）語讀聲母呈chh—th對應，（二）母音呈oa—u對應，（三）尾音呈h—t對應。

舉　　證：（一）語讀聲母呈chh—th對應

「怵」語音chhoah（怵著等），讀音thut。

結　　論：

指　　導：吳坤明

撰　　文：呂理組

報導日期：2006、09、27

Sofia：

反對「怵著等」。說文解字並無「怵」這個字，如果是後人造字，「怵」應該是形聲字，唸「朮」，凡「朮」字邊都唸朮，比如學術、敘述，與今天的ㄘㄨㄚˋ精差真濟。

正確的文字是惴惴不安[ㄓㄨㄟˋ]，惴：說文解字憂懼也，釋訓毛傳皆曰惴惴懼也，從心耑聲，之端切。

詩曰惴惴其慄，凡耑字邊台灣人都唸ㄘㄨㄚˋ，比如湍流、台灣人唸ㄘㄨㄚˋ流，湍、惴台灣人發音一樣，但是北京語發音差別極大，這是乾隆皇帝編撰康熙字典，將文字與語言一分為二，造成後世的學者瞎子摸象，與典籍古文脫節，乾隆真是一位心機精巧的皇帝啊！

（2006/11/6）

由惴、湍（ㄘㄨㄚˋ）想到台灣人常說的（ㄘㄨㄚˋ）路，到底是何字，彙音寶鑑為「悉」相率也，導，導路也，「悉」、「導」都唸（ㄘㄨㄚˋ），但是所有字典都有「導」，唯有台灣的彙音寶鑑出現「悉」，遍尋古今各大辭典均無「悉」。

香港人新進收入辭典中，音（ㄐㄧ），形音義更是光怪陸離，本人認為「導」始為正確文字，說文解字，「導」，引也，从寸，道聲，與「道」同音，但是台灣人卻唸寸「ㄘㄨㄣˋ」聲，變成（ㄘㄨㄚˋ），想必是淺人誤用所致。

（2008/09/30）

卅一、腳庫飯抑是胯股飯？

提出問題：路邊攤賣的「loo2 bah png7」，是「滷肉」加「飯」，怎成「魯肉飯」呢？飲食店與廣告社另一傑作：「腳庫飯」，是甚麼飯呢？

回　答：「魯肉飯」與賣的內容不符，應作「滷肉飯」。另一「腳庫飯」問清楚知是：以豬胯部的肉為主菜的飯，所以應作「腳胯飯」。

討　論：「魯」音loo2，一義，古國名，在山東，另義「鈍」「愚」，如「粗魯」，人很粗魯，台語說：伊人甚thoo2，應作「伊人甚魯」，而不是「伊人甚土」。所以「魯肉」，可釋為「魯國的肉」或「粗魯的肉」，二詞用作飯名，意義不符。反觀「滷」，音loo2，以鹹汁烹調肉類等作食物，例如：「滷蛋」「滷肉」「滷鴨」「滷豆干」。loo2 bah png7，不是「魯國的肉」或「粗魯的肉」，而是「滷肉」加飯，應作「滷肉飯」。「庫」，義「儲物處」，「胯」義兩股，「胯肉」即為豬腿上之肉，所以kha kho3 png7應作「腳胯飯」。

結　論：台灣教育雖普及，但道德及文化水準並不理想，對國字意義的認知，尚差太遠，商店老闆、廣告業者，常有類似本回的錯誤。台灣小吃在陳總統的國宴及部分航空公司的餐點上，都曾出現過。為提升台灣國際形象，實不容許在國內、外有錯字發生。有關部會，應出面輔導、指正類似本回所指的錯誤。

指　導：吳坤明
撰　文：呂理組
報導日期：2006/10/07

Sofia：

反對呂先輩的說法！

胯：說文解字，股也，合兩股言曰胯，从肉夸聲，可見胯應唸誇口的誇，凡從夸都唸夸，从聲韻學的角度看胯股飯始合形音義之音，從字義看也合形音義之義，因為庫肉指股肉，此乃音近。

股與庫音相近，庫：說文解字兵車藏也，此庫之本意，引申之凡貯物舍皆曰庫，苦故切。

再說腳，說文解字脛也，卻聲，與今天的腳音不合，胯說文解字股也，與今天的腳意思一樣，音相近，本人認為胯才合乎形音義，因此，正確的文字應該是胯股飯。

（2006/11/06）

卅二、後座肉抑是後胙肉？

提出問題：「後座肉」指的是何部位的肉？

回　　答：au7 tse bah台語漢字應為「後肢肉」，它指的是豬、牛、羊後肢帶的肉（即腰身以後、後腿以上部位的肉），「後座（坐）肉」為諧音字。相對的肢帶的肉（即頸部以後、前腿以上部位的肉），稱「胛心肉」。

討　　論：「肢」讀音tsi(u)，語音音tse時，其語、讀對應：聲母相同，尾音呈e-i(u)對應，舉證如下：

舉　　證：「肢」語音tse（後肢肉），讀音tsi(u)。

結　　論：漢字的奧妙在於形、音、義都有所本、有所歸，au7 tse既然是指牲畜肢體的部位，其本字必定從「月（肉）」，或從「骨」與從「土」的「坐」無干，這是文字學基本常識。人、才懂得禮讓長輩、上司「先坐」，自己「後坐」。豬、牛、羊沒有禮儀關念，不會管誰「先坐」、「後坐」。再說「先坐」、「後坐」又與那塊肉有相關連？日據時代有一位自許「日語通」者，把「大腸」說成o ki i na ga i（大長），「豬肺」說成bu ta si bai i「豬戲」。把「後肢肉」寫作「後坐（座）肉」，不也像「大腸、豬肺」寫成「大長、豬戲」者流嗎？

指　　導：吳坤明

撰　　文：呂理組

報導日期：2006/10/11

Sofia：

參予本網站以來，看到台灣的語文先輩解答問題，感到啼笑皆非，難怪學術界默不作聲，實在不忍卒睹啊！

台灣的語文先輩對文字學、聲韻學與訓詁學怎會如此無知呢？

台灣人的語言保存古音非常完整，從喘流、腳數等均保存東漢時期的語言至今可見，凡是台灣人的語言都可以查到文字。

「肢」是形聲字，凡支字邊唸支，所以後肢肉與後胙肉發音相差極大，胙：說文解字，祭福肉也，福者，皇尸命工祝承致多福無疆于女孝孫是也。

後人臆造祚字，由是胙祚錯出矣。

因此，後胙肉始為正字。

（2006/11/06）

Eric回應：

豬的後肢有腳；肘；腿三部！

後肢之說，固不合常理，不學無術！後胙之說亦難脫畫虎卵之嫌！

「後肘」一般指豬後肢的肘關節上下部分的肉！（可問「正規」家庭主婦）

（2008/02/05）

sofia版主回覆：

如果你會說台語，就知道後胙肉完全符合形音義，如果閣下想研究漢字，請先學台語！（2008/02/05）

魯夫回應：

那麼依閣下之意應是後肘還是後胙？（這裡討論的到底是不是同一塊肉？）（2008/03/05）

版主回覆：

本文結論是後胙，你沒看見嗎？（2008/03/05）

Eric回應：

>版主回覆：

>如果你會說台語

>就知道後肘肉完全符合形音義

>如果閣下想研究漢字

>請先學台語

>0821am

Can I ask again？

這裡討論的到底是不是同一塊肉？於2008/03/09

版主回覆：

很抱歉！我寫錯字，應該是胙非肘，胙是後腿肉，肘是前腿肉，不是同一塊肉，胙肘北京語發音類似，漢語發音天差地遠，乍、寸是音符，念乍、寸。

（2008/03/09）

卅三、顧人怨抑是估人怨

提出問題：一位不受歡迎的人，台語音ko3 lang5 oan3寫成「顧人怨」，合義嗎？

回　　答：「顧人怨」有ko3 lang5 oan3的音、但義不合，應作「討人厭」。

討　　論：「討」讀音tho2，語音音koo3時，其語、讀對應：

(1)聲母呈k｜th對應，韻母呈oo-o視為相同。「厭」讀音iam3，語音音oan3時，其語、讀對應。

(2)聲母呈o-i對應，韻母都是a，（3）尾音呈n-m對應。例證如下：

舉　　證：（1）「討」聲母呈k｜th對應：

「討」語音koo3（討人厭），讀音tho2。

結　　論：如不知「語、讀對應關係法則」，說「討」可以音koo3，「厭」可以音oan3，不要說讀者諸君難以接受，筆者自己也很難自圓其說。

指　　導：吳坤明

撰　文：呂理組
報導日期：2006/10/18

gakichen回應：

古漢語「討」無招惹之意，這是後起的用法，而且音難讓人讀koo3，koo3本字亦非顧，係「構」，構是說文解字有的字，有造成、引起、招受等意，音義都符合koo3。建議多在詞彙訓詁上下功夫，很多用字古已有之。

又「天」語音kang，離實際語音亦太遠，且古漢語只用「日」不用天，天的日意也是後起的用法，至於一般用的「工」，很難判斷是否為本字，也有可能是「功」引申而來，但無論「工」「功」，都跟功夫、工作有關，把一日之工作轉化成一日代指也是也可能的，閩南語很多口語用法都經過一些引申，這些用法未必見於重視書面性詞彙的字書，可能是很早就有的引申用法。

（2006/10/20）

sofia：

我覺得吳坤明先生的讀音、語音對應缺少歷史根據，很難讓人信服，討：從文字結構，這是形聲字，說文解字，从言寸聲，他皓切，與北京語發音ㄊㄠˇ同音，台灣人發音去，省略韻母，保存聲母，在語言學上是自然的變化。ㄊ與ㄍㄨ發音差距極大，不管形音義，怎麼都搭不上對應關係，我認為是[估人怨]比較合乎形音義。

估，說文解字無此字，廣韻：「市稅也」，估：國語辭典「估算，估價」，台灣人口中的估有招來之意，比如估請，求情之意，故而「估」有求、招之意，估人怨，招人怨，也就順理成章。

（2006/10/24）

卅四、好康鬥相報抑是好孔湊相報？

提出問題：好康鬥相報是何處方言？

回　答：台語hor2 khang tau3 sior po3的漢字應作：「好景助相報」。

討　論：台語hor2 khang tau3 sior po3，其意義是說「有好處的地方，應助我告知我」。「康」台語讀音khong，語音kng(康先生)，北京語才唸khang，如此又犯了用北京語音說台語的錯誤，與強強滾、趴趴走、喬位等詞，犯同樣的錯誤。「鬥」，義為「戰鬥」、「鬥爭」，用「戰鬥」、「鬥爭」無法相助的。「空」讀音「khong」，語音khang，音不成問題，但「空」之義指「無物處」如「真空」，「不切實際」如「空言」。「空」實無法代表「有好處的地方」。然「境」讀音「keng2」，語音khang時，語、讀聲母k、kh混同，視為相同。尾音相同，（1）韻母呈a-e對應。至於「境」之義可指「處所」、「地步」、「際遇」「境界」等。「好境」即「有好處的地方」。「助」，請詳見「助挽茶」一回。

舉　證：（1）韻母呈a-e對應

「境」語音khang（好境），讀音keng。

結　論：「境」之義為「處所」外，亦可指「地步」、「際遇」「境界」等。「好境」即「有好處的地方」。以上音、義都無問題。

指　導：吳坤明

撰　文：呂理組

報導日期：2006/10/25

Sofia：

很抱歉我要反對「好境助相報」的說法，因為形音義完全不對，台灣人說有孔無榫，好孔榫，做好孔榫是木匠必備的工夫，百姓引用好孔榫表示好工作，或是好頭路、好薪俸等意思，有孔無榫表示無影無跡，台灣人誤用成無影無隻。

至於ㄠˋ相報，應該是湊相報，湊，音與奏聖旨的奏同音，ㄗㄠˋ，今天的台灣人發音ㄠˋ聲母略為走音，這是自然的語音演變。

（2006/11/06）

卅五、與呂理組先輩論漢字

謹致教育部部長的一封公開信

正勝部座鈞鑒：

逕啟者，據4月22日台灣日報第5版載：　貴部本土教育委員會決議，下學年度起審定民間編鄉土教材，並推出部編本鄉土語言教材。忝為福系台語用字研究者，得悉此訊，一則以喜，一則以憂：喜的是貴部在國語會蹉跎（台語語音thit tho5）了十餘年之後，終於奮然而起，有所行動，憂的是部編本或經過審定的民編本，都具有公信力，然而　貴部國語會、閩南語常用語辭典、編輯委員諸公中，便有七人是各版本，國小閩南語課本編？委員或顧問。證之各界期待的部編本閩南語常用字表，及上述字辭典，迄今無影無蹤；各版課本又都錯別字百出，屢受各方非議及國會指責。國語會委員是目前台灣台語學界的代表，其在台語用字的學識僅止於此，將來如由彼等或其門下等，「球員兼裁判」，所編的部編本或審定出來的民編本，用字能否正確，實在令人憂慮。

我們之所以選定漢字為台語文用字，是因為它和台語前後發生，一齊演進，彼此具骨肉相連的關係，惟有用它才能：

一、正確、完整、雅致地表達台語的音與義。

二、將台語帶出族群小圈，進入漢語文世界，與其他方言或語系交流。

三、與傳統漢語文文化接軌，使母語發揚光大，永續不絕。

四、台語是漢語中最古老的方言，所保存的漢音語詞（即讀音語詞）之多，為各方言之冠，甚至有人因此而誤認台語是唐朝官話。實為漢語文化之寶藏，發揚台語等於發揚漢語文化。

漢字初具規模距今已歷四千年，其音、意系統也早已在漢代確定統一。現在全球使用漢字地區的人口多達十五、六億，大家學習或使用漢字都遵守傳統的、統一的字義，只有我們台灣，所謂台語學者多半背道而馳，在完全忽視字義與語義的關係之上，將讀冊音（漢音、文音）、口語音（白話）、北京方音（國語）混淆使用，所用文字的音、義，連他們自己都無法自圓，例如：「×佇佗位（〇在底位）」、「×趁錢（〇賺錢、〇掙錢）」、「×改薰（〇戒菸）」、「×一寡（〇一介兒）」、「×揣物件（〇找物件、〇搜物件）」、「×四界飛（〇四處飛、〇四下飛）」、「×目睭（〇目珠）」、「×每擺（〇每回）」、「×定定（〇常常、〇迭迭）」、「×赫濟（〇許多）」、「×僥倖（〇負行）」、「×跤數（〇腳色、〇角色）」等等。這樣的教材（指×者），不但無法讓學生學好母語，反而會使學生失去對母語的認同；更嚴重的是同一個字，在華語是一種解釋，在台語又是另一種截然不同的解釋，彼此牴觸，必然使學生無所適從，而動搖其漢語文字基礎，進而惡化、漫延，妨害其他課程的學習能力。

換言之，將來「部審本」、「部編本」教材，必須保證用字百分之百正確；否則「部審本」、「部編本」問世之日，便是母語教學走向衰亡、國民教育全面崩盤的開始！

所謂「部審本」、「部編本」，必然具有公信力，此「公信力」應該建立在內容健康、用字正確之上，而非妄圖以政府之公權力，毫無依據地賦與文字之音義；畢竟現在已經不是威權時代，而且國人百分之九十以上都識字，像先前 貴部常用字表草稿及各版本民編教材那樣，指鹿為馬，魚魯、虛虎不分，這樣是瞞不過社會大眾的！

我們一直崇拜　鈞座是位特立獨行、有作有為的好長官，渴望　鈞座在母語教育、薪傳、發揚事跡中，期待台灣再現一位古代史官：倉頡、史籀之輩，在台語文之保存與發揚，創千古大業，名流萬世。

事關國民教育成敗與母語？續，不禁痛言。伏祈

俯察用心之苦，而能寬宥言語之唐突。謹此　即祝

鈞安！

王桂鶯　朱哲男　吳新日　呂天賜　呂理組　呂新興　李正香　李和香
李宜娟　林澄清　施鴻禧　柯治平　徐金蓮　徐崇墩　張創祥　郭春謹
陳紅東　曾慶盛　游象發　游輝清　游瓊娜　黃姁琪　趙伊信　劉朝清
劉傳景　蔡佩華　鄭游連妹　羅文華等（依姓筆畫順序）

桃園縣社區大學台語班學員一同　謹陳2006.06.19

發表於2006/06/19

Sofia回應：

看完茲張批信，我感慨良多，仰望台灣人不再講咱用台語，咱台灣人自古以來就是用漢文，不是台語文，之所以講台語文是，因為許信良講台灣是一兮新興民族，所以用台文說台語，茲兮說法與本土化兮戰略有關，茲是不對兮。

蘇菲亞自2004年不斷上書阿扁總統，本土化是不對兮戰略，咱台灣應該與歷史接軌，接續咱斷層400

年兮漢文化，茲能對抗國共兩黨。

無奈杜正勝一直偏向本土化兮方向，茲兮方向會像南宋朝本土歸流土斷兮政策一樣，造成政爭亡國兮命運，不幸兮是李登輝提出本土化以後，台灣兮命運與南宋朝一樣，政爭不斷，即將亡國。

仰望咱台灣人深思，台灣獨立、本土化、國家認同攏是不對兮戰略，針對以下文章，蘇菲亞有幾點見解，提出來逐家討論：

一、莫講台語矣，咱台灣人就是講漢語，漢文就是過去5000年歷史紀錄落來兮文字，漢語與其他方言或語系並無交流，官方文書怎可與地方語言交流呢？

二、與傳統漢語文文化接軌，使官方語言發揚光大，永續不絕。不是母語，母語此一用詞有限制，官方語言才能展現尊嚴，才能占據歷史的正朔地位。

三、漢語不是最古老的方言，漢語是官方語言，不是方言，漢語是唐朝官話這是歷史，並非誤認。

以下的文字本人有不同見解：

1、（在底位）並非正確，古文中並未出現茲三字，根據我讀古文兮經驗，[之它位]比較接近古文用詞，[它]之古文中有疑問詞之意。（〇戒菸）」也是不正確

2、菸：說文解字鬱也。本作鬱，蔫、菸、鬱三字雙聲，從艸，從於。

薰：從艸，從黑。

從說文解字看來，菸發音應當與鬱積之鬱同音，與香菸兮菸相差真遠，正確應當是戒薰茲對。

3、至於「×四界飛（〇四處飛、〇四下飛）」，本人也看法相反，四界飛茲對，四界是佛教用

語，苦、集、滅、道、是修行觀照的四個次第，四聖諦、也是修行的法門，漢語受佛教影響，真濟佛語參入漢語之中真正常，四處飛、四下飛，處、下攏是形容詞，之古文中處通常是動詞，或者是地方副詞，真少用作形容詞，北京語卻是用處為形容詞，以文法看來，處、下兩字並無適當。

4、「〇許多）」並未出現在古文中，北京白話文倒是迭迭出現。

5、（〇負行）在古文中並未如此使用，形容負心通常用薄倖，負行是真奇怪也法。我不曾看過古文如此用法。

6、（〇腳色、〇角色）和腳數發音相差真遠，我不曾在古文中看過茲兩兮詞，但是白話文時常出現倒是真也，應當是胯數茲對，胯數代表勞力數量，過去的奴僕制度以胯數計算財富，所以胯數有低下階層勞力的代表，用胯數表示輕蔑兮語氣，比較合乎漢字形音義兮造字原則，我兮看法也是需要逐家討論，因為斷層400年兮漢文，一時間也無法百分之百正確，總是逐家盡量努力尋出正確兮文字。

sofia在新浪部落於2006/06/20 07：34 am回應

Sofia回應：

本人為著寫一部台灣人兮小說，找尋台灣人使用兮語言文字，茲發現漢文失落400年兮歷史祕密，上網與網友討論語文，運用說文解字，竟然絲毫無差，可見台灣人講話古典文雅。

今兒看著「×定定（〇常常、〇迭迭）茲兮詞，查說文解字，迭从辵失聲，徒結切，發音為失去兮

失，與臺灣人講兮定精差極大

sofia在新浪部落於2006/08/04 06：49 am回應

台語真為純正漢語嗎？

依東京大學與台大醫學院林媽利教授之研究：

「台灣人最常見的A33-B58-CW10-DR3 是被完整保留下來的古代越族的基因。我們常常用在一起遺傳的基因半套體出現的情形在看族群的關係。語言學家也說我們的這個結果是配合語言的結果，我們常常講「福佬話」，據說是以前在閩越地區客家人稱呼閩人是「福佬人」，而來的。「河洛話」是1955年……我想這和政府的政策有關係，當時要說台灣的族群是從北方來，所以把它講成「河洛話」，1955年「河洛話」這個名字才出現，事實上是「福佬話」。」

如此說來，漢字有那麼要緊嗎？使用類似日本的假名系統，我看還較實際吧！

LaiPi在新浪部落於2008/04/03 02：00 am回應

三五之二、與呂理組先輩論漢字

（依4月4日《台灣日報》A10版記載）吳坤明撰

一、照片

（一）水雞泅　正確用字：水蛙游（泅）。

1、水雞：指「蛙」，正確寫法應是「水蛙」。「蛙」讀音雖是：烏瓜切，即ua，因其義從「虫」、音從「圭gui」、語音可以從g母音ge，例如：佳ge、挂ge5。

2、泅：音：似由切，即siu5，義：水上浮行。音、義均無不合。惟此語北京語用「游」，「游」音依〈集韻〉有：徐由切，即siu5一音，為與北京語交流，自以寫「游」為宜。

3、結語：此語應作：「水蛙游」，但不排除作：「水蛙泅」。

（二）掞飛盤：正確用字：擲飛盤。

1、掞：原詞音：「dan3」飛盤，指：「擲」飛盤。「掞」讀音：以贍切，即iam7，通「睒」。音：舒贍切，即siam7，指「舒」，音：以冉切，即iam2，義同「剡」指銳利。字音不合語音，字義不及語意。

詞中之「dan3」，意既為「擲」，應照作「擲」。「擲」字義從「手」，音從「鄭ding7」，讀音音dik8係陰陽對轉，可還原仍從「鄭ding7」用語音音dan3。例如：「等ding2」語音「dan2」。「丁ding」語音「dan」-「丁丁dan dan（指兒童或蔬果瘦小）」。

「釘ding」語音「dan（西部沿海地區）」。

2、結語：此詞正確寫法為「擲飛盤」，與北京語的寫法並無二致。

二、李慶安立委質詢

（一）咧盹龜　正確用字：在盹睡

1、咧：原詞音「le2 duh ku」，其le2係指「在」。「咧」讀音liat8，係促聲尾，而le2是舒聲尾，所以字音與語音不合，且字義為：鳥聲，並無「在」義，字義與語意不合。應依語意作「在」，「在」讀音zai7，因讀、語聲母z：l有對應，例如：「遮zia」語音「lia｜遮日」、「字zi(u)7」語音「li7｜寫字」，「捷ziap8」語音「liah8｜敏捷（敏音mi2）」。單母a與尾音i可以併合為e，例如：「蟹hai7」語音「he7｜螃蟹（螃音mo）」、「解gai2」語音「ge2｜解圍」、「疥gai3」語音「ge3｜生疥」，所以「在」在語可以音「le2」。

2、盹：原詞「duh gu」，指：瞌睡，「盹」讀音dun3，依讀、語對應法則（筆者所創訂），可以陰陽對轉而音duh。字義為：目藏，也就是閉目，切合語意。

3、龜：「龜」讀音gui，語音gu，字音符合語音，但字義是指一種甲蟲，與語音：「瞌睡」風馬牛不相及。正確的寫法應該是「睡」，「睡」讀音為sui3，因為讀、語聲母s：g有對應，例如：「收siu」語音「giu｜收水」、「縮siok」語音「giuh｜縮筋」、「些sia」語音

「gua2ㄧ一些兒」，所以「睡」的讀音聲母在語音可轉為g，單母u和尾音i也可以和「龜」一樣併合為u而音gu。「睡」的字義依〈說文〉為「小寐」，正切語意。

4、結語：綜合1.2.3.可知此詞作：「在盹睡」，音合義切。

（二）藏水沫　正確用字：潛水沕

1、藏：原詞音「chhang3 chui2 bi7」，句中「chhang3」，指：「潛」。「藏」讀音chong5，因為聲母z、c混同，單母依母音轉換法則可以轉為a，所以語音可以音cang3，但字義為：匿、蓄，與語意「潛」未盡相符，應以作「潛」為正。「潛」讀音ziam5，聲母z可依上舉z、c混同法則改為c，介母i與主母a，依母音併合法則併合為單母a，例如：「田dian」語音「can」，「節ziat」語音「zat」，「牽kian」語音「kan」。尾音m，依鼻音轉換法則可以轉為ng，例如：「探tam3」語音「tong2ㄧ探頭」，「甚sim7」語音「dangㄧ在甚時」、「蠶zam5」語音「zang5ㄧ蠶絲」，足證「潛」在語音可以音cang3。

2、沫：原詞的「bi7」，指「潛水藏在水中」，「沫」讀音vue7，依母音併合法則，單母u與尾音e可以併合為i而音vi7，字音尚合語音。但字義為：衛邑名、星斗名，與語意不合。依語意應作：「沕」，「沕」讀音與「沫」同，即vue7，語意當然也可以和「沫」一樣音vi7。其字義為：「潛藏」，正切語意。

3、結語：此詞之正確寫法應是：「潛水沕」。

三、盧秀燕立委質詢

（一）洗喙　正確用字：洗嘴

1、喙：「口」台語稱chhui3，「喙」與「嘴」都是指「口」，不過「喙」讀音為hui3，讀、語h：c沒有對應關係，「喙」在語音不能音cui3，「嘴」讀音zui2，聲母z、c混同，所以語音可以音cui3。

「口」就是「嘴」、「嘴」就是「口」，用「口」用「嘴」是族群的文化差異問題，無誰是誰非的問題。事實上，北京語也用「嘴巴」一語。

2、洗：牙刷問世是近代的事情，以前的人，只有：嗽口、洗嘴，現在仍稱「刷牙」為「洗嘴」。和在台灣西部看到的明明是「日頭落海」，卻仍照祖先在閩南時稱「日頭落山」，這是習慣問題，不是合不合事實的問題。

3、結語：雖然「喙」、「嘴」同義，此詞應作「洗嘴」，才是音義均合。

（二）　齒抿仔

1、㨂：原詞音「teh8 ki2 vin2 a2」，其「teh8」是指：持、拿。「㨂」讀音de3或dai3，舒聲尾，與塞喉尾之語音不合。義為：撮取（用三支指頭拔取）、捎取（取物之上者），與語意不合。

首先，可以想到是「持」字，讀音di5，聲母d，與語音teh8的聲母t是混同關係，唯di5是舒聲尾i，與語音teh8是促聲尾h不合。再來，可以考慮「執」字，有「持」義，讀音zip8，讀、語聲母z：t有對應，例如：「蠶zam5」語音「zam5ㅣ蠶絲」、「踐zian2」語音「zun2—踐踏」，「柱zi(u)7」語音「tiau7—柱子」。單母i依母音轉換法則可以轉為e，例如：「親cin」語音「cenn ㅣ親姆」、「笠lip8」語音「leh8—雨笠」，「失sit」語音「seh8—失神」，尾音p和k、t入聲都是由塞喉聲h演化出來的，所以可以回歸塞喉聲h，足證「執zip8」在語音是可以音「teh8」的。

2、齒抿仔：「齒」同「牙」，「抿（扠）」同「刷」，北京語習慣稱「牙刷」，台語習慣稱「齒抿（扠）」，這種族群文化差異，應該互相尊重。「仔」是助詞，用途相當於北京語的「子」、「兒」，不過，台語是在與主詞連音時省去聲母z，再依母音轉換法則將韻尾i(u)轉換為a2。長久以來，台語文學者，寫作者，一直有一種病態心理，遇到不認識正確用字時便刻意去找些冷字、僻字甚至死字來自鳴學問淵博，寫出來的文章越來越偏離正統漢字音義系統，變成畸形怪狀，無人能識。造成社會的普遍質疑，再三引起立委指摘。這個「仔」字便是那種病態心理的產物之一。為了使台語回歸到正統漢族語言的行列，並與北京語交流，應使用「子」或「兒」為宜。

3、結論：綜合1.2.所述，此詞應以作：「執齒抿子」為宜。

（三）攄來攄去：

1、攄：原詞語音「lu3 lai5 lu3 khi3」，語意為「摩來擦去」或「磋來刷去」。「攄」讀音：丑居切，即ti，義：舒、布、散、騰、擬，無一與語意有關。首先，可以考慮的是「擦」字，字義切合語意，其讀音為cat，讀音聲母c與語音聲母l有對應，也就是說聲母可以由c轉l，但其尾音為t，而語音尾音為u，在讀、語異母之下，再作舒、促對轉，太過牽強。其次是「刷」字，讀音為suat，讀、語聲母s：l也有對應，聲母由s轉l也無問題，但其尾音和「擦」一樣是d入聲，難以在讀、語異母之下再作舒、促對轉。最後只剩「磋」字，其讀音cu，聲母和「擦」同是c，可以轉為l，例如：「鴟ci(u)」語音「lai7—鴟（音hioh8）」、「捉cok」語音「liah8－捉魚」、「鰍ciu」語音「liu—魚鰍」。尾音o，可依母音轉換法則轉換為u，例如：「母vo2」語音「vu2—老母」、「過gor3」語音「gu2-不過」，「蹉cor」語音「cu-蹉倒」，所以在語音可以音lu3。

2、結語：用「攄」音lu3，表示：摩擦、洗刷，音義均不合，此詞應作「磋來磋去」為宜。

四、廖婉汝立委質詢

（一）歹喙、歹嘴：原詞語音「painn2 cui3」，語意指：某人常說壞話。「歹」是「互」字（去下一橫）的錯字，讀音dai2，指：「好」之反，用它當台語的「painn2」，是眾多以北京語音混淆台語音義的文字中最典型的一個字。依據〈俗書正誤〉：「歹」音「遏」。〈長箋〉：今誤讀：「等在」切，為好之反。也就是說北京語讀它為dai2，當惡-歹徒用，已經音義兩誤，再拿它音「painn2」當「敗、壞、惡」用，是一誤再誤。「喙」不能音「cui3」已詳本文三~(一)~1。

(二) 呆嘴、否嘴：「呆」讀音por2，從「木」指梅杏類，不過，日語早有用它指癡獃的先例－「阿呆a ho2」，早年台灣人名也有叫「阿呆a painn2」的，「癡獃」與「敗、壞、惡」有別，不能用此詞。

「否」讀音hiu2、hior2，因為讀、語聲母h：ph有對應，只要加上假性半鼻音便可以音pai(nn)2。字義除：不是、不可之外，尚有：惡、穢之意，是四句中唯一意義均合語音、語意的寫法。

三、結語：如果從「常說壞話」的觀點去思考，「painn2 cui3」作「否嘴」，應已足表達語音與語意，但如往深一層去思考，則「常說壞話」是「敗壞口德」，「敗壞口德」必然會導致「敗壞身家」，這麼一來，作「否嘴」就不如作「敗嘴」之入木三分了。

周朝各國掌理治安的官一般都稱「司寇」，但「陳」、「楚」二國卻稱「司敗」，可見「敗」與「寇」同義，諸凡：作奸犯科，違德悖理都是「敗」，所以除了「敗嘴」外，北京語所謂的「歹徒」應作「敗徒」，浪蕩傾家之子也應作「敗囝」。

（作者為桃園縣社區大學台語正字研究班講座）

Sofia：回應

吳坤明先所撰此文，本人有不同意見：

一、游（泅）兩音出入極大。「水蛙游」為北京語文法，漢文用「泅」不用游，古文典籍無有用游者也。

(一)咧盹龜：正確用字「值盹睡」，古文值爾，白話文正在，英文進行式。

三、古文有喙無嘴，北京文有嘴無喙，因此正確用字：洗喙非洗嘴。

(二)齒抿[仔]，仔為廣東話，漢文無仔之字，正確用字應該是帶齒抿兒，「仔」是助詞，是廣東話，用途相當於北京語的「子」、「兒」，兒，名詞尾語助詞，耶，否定或是語氣誇張的語尾助詞，矣是完成式的語尾助詞。

這個「仔」字是誤用外來語，茲也是文字語言正常兮演變，並非是病態心理兮產物。

為了使台語回歸到正統漢族語言的行列，並與北京語交流，應使用「兒」「也」或「耶」或「矣」為宜。

視文章文法正確使用虛字，「子」或「兒」是北京文語法。

（2006/05/04）

呂理組：

Sofia sen你好

撥忙長篇撰文，多謝指導。代師回應：

（1）「游」讀音之一徐由切音囚。（見康熙字典　同文書局原版頁五六三，「泅」讀音之一徐由切音囚。（見康熙字典　同文書局原版頁五四三）游、泅兩音相同，兩義也相同，攏是漢語，並無差異。

（2）「值」義有（1）價，如價值，（2）當　如值班，值勤，（3）逢、遇　如後值傾覆（前出師表）。無「正在」的意思。所以「咧盹龜」我等作「在盹睡」無錯。在我等所蒐集讀音屬z、c母的文字共一千一百九十四字，其中語音轉s母者八十一字，轉t母者七十字，轉d母者一百五十六字，轉l母者四十二字，可知「在」的語音，不但（語音mh8 na3）可以音di7，——在底（那）位外，猶復有：音de2——在作甚，dua3——在此，zi7——在這（茲），還可以音le2，——在盹睡，li2——在流汗，si7——每落角在，等共七種語音。

（3）「子」1945北京語未來台灣之（語音zin3）前，「子」唸a2，就已經甚普遍，如地名：埔子，坑子，物名：刀子，水果名：李子，菜名，豆子。漢字是依據古代漢語（台語是其中的一系）創造出來的，北京語則是依據既成的漢語系統創造出來的，一脈傳承，兩者用字本來就應該相同。如果北京語在用的文字，你俺（切音lan2）便迴避不用，彼（語音he）不是無自尊心問題，是無知復可悲的自卑感的問題，因為你俺放棄嫡傳的地位，而淪為養女的作法，你俺應該積極地去使用北京語在用的文字，才會奪回台語在正統漢語文體系的地位。

（4）「兒」台語語音有a2音的漢字相當多，像：啊、也、阿、亞、矣、又、兒、地、而、與等，「兒」是其中之一，「兒」不是北京語的專利品，理由同（3）項說明。

（5）上理想的台語文是：予（語音ho）同文不同（語音vor5 gang7）方言的人，也看別（語音

vat）。相像（語音cin ciunn7）：用北京語寫：魚兒、魚兒　水中游。用台語唸：hi5 a2 hi5 a2 zui2 diong siu5，甚合適（語音ziann hor2 se3）。用其他方言如：客語，就是不會（語音veh8 hiau2）用伊等（切音in，義同字面）的音唸，也看別意思。所以「兒」不是北京語爾爾，是失傳的古漢語。

（6）標音符號，或稱注音符號，不宜代替文字。北京語字音用ㄅㄆㄇ37個注音符號，台語如欲用，上蓋少要（語音ai3）40個以上的ㄅㄆㄇ注音符號，如（語音na7）用羅馬字母21字就（語音dior7）有夠矣，如用英打（英文打字）拍台語，電腦字盤上（語音ding2）抑有剩（語音cun）5個字母免用。注音符號是一種工具而已，為甚麼一定排斥外來文化？愛迪生是美國人，伊發明電火球兒，你俺（切音lan2）屆當（語音gau3 dann）現時、當下）猶復在（語音iau gorh di2）用。又，台語一個字音，最多的有由六個音組成，像：關門的「關」音guaihnn（關門聲、鳥叫聲），「齜」huaihnn（哺物），傳統的反切法——二分法，是無法用來做比對、探討字音的。台語甚麼字音，用羅馬字注不出來音？請提供我等（切音quan2）作參考。（本回應用abc 21字母拍的）以上請指正。（我等注的語音攏有根據，放心仿用）

（2006/05/07）

Sofia：

呂理組先　你好：

古文有「撥冗」並無撥忙，「忙」乃北京文用法，「冗」茲是漢文用法。

（1）「游」讀音之一，徐由切，音囚。（見康熙字典 同文書局原版p563），「泅」讀音之一，徐由切，音囚。（見康熙字典・同文書局原版p543）游、泅兩音在康熙字典是相同，但是康熙字典是有問題兮，應該尋廣韻集韻切音即看出兩者不同，兩義也並不相同，不全是漢語，因為古文有見用泅水者，未見游水者也，兩者差異極大。

（2）「值」義有（1）價，如價值，（2）當如值班，值勤，（3）逢、遇 如後值傾覆（前出師表）。

「正在」的意思語，（2）當 如值班，值勤之義同，只是用白話解釋，古文形容動作，時間用「值」，形容地方用「在」，「在」與「值」的用法並不相同，所以「在盹睡」不僅音未合，用法也不對。

創孰[非在作甚]。

（3）「子」一九四五年北京語未來台灣之（語音zin3）前，「子」唸a2，就已經甚普遍，如地名：埔子，坑子，物名：刀子，水果名：李子，菜名，豆子。

以上說法是不對兮，茲是受日本人影響使然，日本語文滋濟[子]，但是音也不是念a2，漢語是依據古代雅言，有學者說雅言是商朝的官方語文，漢語就是台語，並非是其中的一系，北京語不是自漢語系統創造出來的，北京語的文法語音與漢語截然不同，過去稱胡語，不是根據漢語而來，我兮目的是區分漢語與北京語之差別，並未迴避北京文不用，魚嗅魚，蝦嗅蝦，不當舞作一堆，偕自尊心無關係，莫講滋爾濟。

（4）「兒」台語語音並不是a2，台語「兒」和北京語「兒」意思不同，北京語寫：魚兒、魚兒、水中游。咱漢文寫：魚也、魚也・水中游。

古代並無漢語，漢語之稱始自漢朝，漢朝之前稱雅言，用羅馬字母二十一字就無法拼入聲字，利瑪竇創造羅馬拼音拼漢字，他說許多入聲字無法拼出來，利瑪竇也說漢語北京語截然不同，共產黨使用羅馬拼音造成語文混亂的黑暗時代，難道台灣要重蹈覆轍嗎？

我不是排斥外來文化，而是希望恢復咱兮漢文化而已，羅馬拼音並無恰優秀，為孰爾要用羅馬拼音耳？所有兮入聲字台語音，羅馬字攏拼不出來音，字典查一兮茲知也。

（2006/05/07）

王啟陽回應：

挼飛盤：正確用字：擲飛盤。

我卡恰意寫：撣飛盤。

撣=單手丟物。是六書原則的【會意】字。

擲：【假借】華語用字。

王啟陽在新浪部落 於2006/06/05 09：39 pm回應

cc回應：

王兄：

感謝討論，據查典籍；撣（1）撣撣然，敬也，（2）古國名（3）動詞，除去。名詞，用以除去之工具。紅樓夢第六十七回，看見那邊葡萄架底下，有人拿著撣子在那裡撣甚麼呢？（4）通彈，水滸傳第二十三回：；一頓拳腳，打得那大蟲動撣不得。兄言：；單手丟物，依據何典？請告知。

？在新浪部落 於2006/06/12 02：36pm 回應

atek回應：

研究漢語方言的確要參考康熙字典，因為連滿清外族都能收錄47,035字，214個部首的字典（現在部首沒那多麼了），身為平埔族後代的我們要多努力了！

atek在新浪部落於2006/08/24 11：34 am回應

cc回應：

值班，值勤的「值」，應該作動詞，以「執行」解釋；不宜解釋為「正在」；「當」也無「正在」的意思。

cc在在新浪部落於 2008/06/25 05：52 pm回應

老古回應：

看到有這樣的討論很好！希望在編寫字典或教育部建議用字的人多多開放討論。因東西太多，今擇要表達個人意見。

（一）水雞泅　正確用字：水蛙游（泅）。

「雞」改用「蛙」很讚成！

（二）掞飛盤：正確用字：擲飛盤。

「掞」改用「擲」很讚成！

二、李慶安立委質詢（一）咧盹龜　正確用字：在盹睡

「咧」改用「在」很讚成！「咧」有些地方讀作「ㄌㄧ」。「戴」從「在」聲，今讀作「ㄉㄞˋ」。

（二）藏水沬　正確用字：潛水沕　用「潛水沕」恐怕太遷強了。會不會該是「藏水蔽」？

「蔽」，藏也。「藏水蔽」指「藏在水中」。

三、盧秀燕立委質詢　（一）洗喙　正確用字：洗嘴　讚成！

（二）？齒抿仔　個人覺得「持齒抿兒」較佳。

（三）攄來攄去：　當為「鑢來鑢去」。閩南話謂「用力磨擦」為「ㄌㄨˋ」，而客家話謂之「ㄌㄨ」，也叫「ㄘㄛ」。其中的「ㄌㄨ」與「ㄌㄨ」當為「鑢」而「ㄘㄛ」則當為「錯」也。「鑢」，良據切，錯銅鐵也（說文）；又治也。「錯」，倉各切，鑢也（玉篇）；治玉石曰錯。「錯」，原為「治玉石」的意思，而今亦用於「誤也」。「治玉石」的「錯」與「鑢」意思相通，皆為用力磨擦的意思。今「刷子」，閩南話謂之「鑢兒（讀作ㄌㄨˋㄚ）」而客家話謂之「錯兒（讀作ㄘㄛˋㄝ）」。（二）呆嘴、否嘴：作「敗嘴」。不一定對，但

http://tw.myblog.yahoo.com/jw!-YyBLi7OaGxDMVFuCDA--/老古閩南話與客家話研究室

老古在新浪部落於2008/08/07 04:14 pm回應

sofia回應：

擲，从手，音鄭，台灣人說擲拳頭母，等於北京文的緊握拳頭。

正確的文字是，彈，从弓，音單，索引自彙音寶鑑

蘇菲亞將過去四年來研究台灣的語言文字集結，即將出版，敬請網友指教。

sofia在在新浪部落於 2008/08/24 03：47 pm回應

卅六、嗆聲抑是唱聲

呂理組提出問題：

謝教授志偉曾在電視節目主持：謝志偉tshiang3 siann（嗆聲）節目，報紙也常見藍、綠互相「嗆聲」。「嗆聲」是台語的tshiang3 siann嗎？

回　答：台語tshiang3 siann的詞義是：放出強而有力的警語，然「嗆」讀音tsia(o)ng的字意u：(1)鳥啄食——做雞得嗆（音tsheng2），(2)煙、氣刺鼻—嗆（音tseng3）著煙，(3)飲湯遇逆刺激而引起咳嗽，——嗆（音tsak）著。以上與 tshiang3 siann毫無相關，又「嗆」音tshiang2乃是北京方音。正確用詞是：「縱聲」。

「縱」有「放出」、「縱容」之義。其讀音 tshiong，語音音tshiang3時，其語、讀聲母相同，尾音也相同，（1）複韻母呈ia—io對應：

舉　　證：（1）「縱」韻母呈ia—io對應：

「縱」語音tshiang3（縱聲），讀音tshiong。

討　　論：以「嗆聲」當tshiang3 siann，犯二錯：（1）用北京音說台語。（2）詞義不符。

指　　導：吳坤明

撰　　文：呂理組

報導日期：2006/11/01

Sofia：回應

從文字結構來說嗆應讀倉庫的倉，與台灣人說的ㄑㄧㄤˋ差別極大，正確的文字應該是唱聲，唱歌的唱，唱聲在古文常常出現，在官方禮儀中是必備的儀式，不過，古人唱聲與今天的唱聲意義不同，這是文字自然的演變。

（2006/11/06）

卅七、倖囝、寵囝（子）、縱囝（子）抑是倖子？

倖囝抑是寵囝（子）、縱囝（子），倖子

提出問題：台灣俗語說：seng7 ti gia5 tsau3，seng7 kiann2 put hau3。中的seng7 kiann2，漢字為「倖

囝」或「寵囝」，有無不妥?

回　答：「倖」同「幸」，如「僥倖」，「免於」、「逃過」。seng7 kiann2應作「寵囝（子）」或「縱囝（子）」。

討　論：「倖」讀音heng7，若語音seng，聲母s—h從無此的對應例。「寵」義「驕縱」也，如「寵愛」，讀音thiong2，語音音seng7時，其語、讀（1）聲母呈s—th對應，（3）韻母呈e—io對應。「縱」義「放肆」、「縱容」。讀音 tshiong,2，語音音seng7時，其語、讀（2）聲母呈s-tsh對應，（1）尾音韻母呈e-io對應。分述如下：

舉　證：（1）「寵」聲母呈s—th、t對應：「寵」語音seng7（寵子），讀音thiong2。

結　論：語、讀聲母s-h從無對應例，故「倖」之語音無法讀作seng，且義當「寵愛」、「縱容」之古籍幾無，雖《後漢書、黃香傳》有「寵遇過盛，議者譏其過倖」之語，恐為誤用。seng7 kiann2之正確漢字為「寵囝（子）」或「縱囝（子）」，音、義具在，何苦不用？

指　導：吳坤明

撰　文：呂理組

報導日期：2006/11/04

各位先生、女士：本台語就字論字在網路刊出，業已近一年，擬到100回暫告一段落，感謝各位一年來的捧場與指教。本網路停刊後，本人將百篇論文重新過濾整理，並參酌各位的指導，加以改進。在結束之前，渴望聽聽各位對本文書寫祖先語文所秉持的原則：(1)絕不造字。，(2)用字定是有音有義，杜絕諧音字，字義取決於康熙字典或古籍字書，(3)由語、讀對應關係找到應有的語音。以上三則一定同時具備。不知有何見解或指教？請示之。

sofia回應：

很抱歉！對於吳坤明先輩的讀音語音對應關係，本人實在難以接受，一來並無學理根據，二來並無古籍典章制度印證，單憑學者說法，過於薄弱，難以服人。

關於倖囝、寵囝（子）、縱囝（子），台語學界先輩的說法並未具備文字學基礎，從文字學而言，倖指非分之愛，人是形符，幸是聲符，發音幸，所有幸字邊都發音幸，這是漢字發音的原則。

以此觀之，寵，宀是形符，龍是聲符，發音接近龍，縱，糸是形符，從是聲符，發音從。

至於囝是廣東話，漢文並無囝之字，因此，倖子比較合乎漢文的形音義，寵囝、縱囝，台語並無類似發音的說法，文字從何而來？

憑空杜撰乃聖訓嚴禁，切勿輕為，希望台語學界先進鼓勵後學研習文字、聲韻、訓詁等樸學，具此學術基礎，研習台語必能有所突破，綿續先祖乃我輩之重責大任，學之不足而知勤，大家共勉之！

（2006/11/12）

卅八、負行抑是僥倖？

提出問題：台語的hiau heng7一詞義為「可憐」「不幸」，寫成「僥倖」，對嗎？

回　答：不行。因詞義恰好相反。「僥倖」義為「幸運」、「好在」，有「免於不幸」的「好運」。所以「僥倖」絕無可能是台語的hiau heng7。

討　論：然負心的行為——負行，或失德的行為——失德，台語有「負行、失德」之詞。此處「負行」即為hiau heng7的正字。

「行」音heng7，應無問題，音同「品行」的「行heng7」。「負」讀音hu7，語音音hiau時，其語、讀聲母相同，（1）三韻母iau轉成單韻i(u)，即iau—i(u)對應。

舉　證：（1）「負」的iau—i(u)對應：

「負」語音hiau（負行），讀音hi(u)3。

結　論：負即失，行同德。負行=失德，因此二詞表示對受難者（不幸者）的憐憫、同情。台語語詞多數是古漢語，北京語也大半來自漢語，如二者所用到的詞是相同的漢字，其意義不可能相反，北京語「僥倖」，是「幸運」的事，台語的「負行」，是「不幸」的事，所以不能語音近似，就用「僥倖」冒充「負行」了！

指　導：吳坤明

撰　文：呂理組

報導日期：2006/11/08

sofia回應：

從文字而言，台灣人說僥倖有佳哉的意思，後人不知佳哉乃典雅之文，無知的百姓誤為加在，哉在台語屬於常用之語，比如善哉，哉爾，都是百姓日常用語，文字誤用，反用是正常的演變，比如君子、小人在周朝之前是階級名稱，但是孔子的論語之中變成品德之別，由此觀之，僥倖古今語音一樣，但是意思不同，是非常正常的。

糾正一個觀念，劉邦成立漢潮之後才有漢人，漢文，漢語等專有名稱，漢朝之前稱雅言，因此古代沒有古漢語的說法。

台語就是漢語，從日語、韓語類似台語可以得到反證，台語就是唐宋明中葉之前的官方語，明朝中葉之後，明成祖定都北京才慢慢轉變為北京語。

北京語並非來自漢語，北京語是過去的胡語，所謂胡言亂語，就是五胡亂華之後的產物，五胡亂華之後，胡人的語言參雜部分漢語，但是大部分逕渭分明，所以北京語並非來自漢語。

（2006/11/18）

卅九、踦、跤、腳抑是箍？

提出問題：台語成雙的單位數詞，如數鞋子、筷子等，用「跤」、「腳」、「箍」，對嗎？

回　答：不對。應該用「踦」才對。

討　論：「踦」之義「隻不偶也」，讀音ki5，語音音kha時，其聲母混同，視為相同，（1）尾音呈a—i對應者，舉證如下：

舉　證：（1）尾音呈a—i對應
「踦」語音kha（一踦箸（鞋）），讀音ki5。
結　論：「踦」作為成雙物之數詞，音kha、義「隻不偶也」，音合義切。
指　導：吳坤明　撰文：呂理組
報導日期：2006/11/11

各位先生、女士：本台語就字論字在網路刊出，業已近一年，擬到一百回暫告一段落，感謝各位一年來的捧場與指教。本網路停刊後，本人將百篇論文重新過濾整理，並參酌各位的指導，加以改進。在結束之前，渴望聽聽各位對本文書寫祖先語文所秉持的原則：(1)絕不造字。，(2)用字定是有音有義，杜絕諧音字，字義取決於康熙字典或古籍字書，(3)由語、讀對應關係找到應有的語音。以上三則一定同時具備。不知有何見解或指教？請示之。

（2006/11/17）

Sofia：

踦：說文解字一足也，凡物單曰「踦」，从足奇聲，台灣人說私奇錢是漢文，北京文說私房錢，踦發音與奇數的奇一樣，ㄎㄧㄚ，這是文字的基本常識，為何台語先輩說法如此異於常理？

（2006/11/18）

四十、盹龜、盹睡抑是啄龜？

提出問題：打瞌睡的台語說成「啄龜」「盹龜」，有意義嗎？

回　答：意義不符，應作「盹睡」。

討　論：打瞌睡與「龜」應無關連，「啄」在此僅借音爾。「盹睡」義「小睡」、「瞌睡」，「睡」讀音sui3，語音音ku時，其語、讀（1）聲母呈k-s對應，（2）韻母呈u—ui對應：

舉　證：（一）「睡」聲母呈k—s對應

「睡」語音ku（盹睡），讀音sui3。

「收」語音kiu（收水），讀音siu。

結　論：打瞌睡像鳥啄龜，既使把人當鳥，那龜在那裡？過渡的台語——諧音台語，你累了，請安息吧！讓我「盹睡」來承擔tuh ku的擔子吧。

指　導：吳坤明

撰　文：呂理組

報導日期：2006/11/15

Sofia：

古文中並無「睡」此字，睡乃白話文北京語，從文字學解釋，从目垂聲，音垂。台語發音應該是垂柳的垂。

因此盹睡，台語發音應該是ㄉㄡ ㄙㄨㄟ，與原來的ㄉㄨ ㄍㄨ發音相差極大。打瞌睡是北京文，啄龜是台語文，此為會意詞，打瞌睡像像烏龜在啄東西，五南圖書的閩南語辭典採用啄龜，本人認為合乎形音義的漢字原則。

（2006/11/19）

四一、散赤、酸赤抑是散食？

提出問題：「散赤」除san3 tshiah的諧音之外，有「貧窮」的意義嗎？

回　答：確實如此，一貧如洗台語說san3 tshiah的漢字應是「酸赤」

討　論：「散」音san3是不成問題，但義與「貧」扯不上關係。「酸」、「寒」、「貧」、「窮」是同義詞，「窮酸人」倒裝「酸窮人」音san3 tshiah lang5，「酸赤」即為「辛酸赤貧」，窮人家錢財極為有限，生活的食、衣、住、行都有困難，所以有「貧困」一詞。窮人家甚麼都沒有，所以又有「赤貧」一詞。「赤貧」為非常的貧窮。窮人家的生活總是過著「辛酸」的日子，這裡「酸赤」正是san3 tshiah的正字。「酸」讀音soan，語音音san3時，語、讀聲母相同，尾音也相同，單母a延生複母oa，即（1）呈a—oa對應

舉　證：（1）「酸」韻母呈a—oa對應：

「酸」語音san3（酸赤），讀音soan。

結　論：各地方言使用漢字的原則：（1）不造字，（2）適合詞意，或有依據，（3）與讀音有對應的語音。應用以上三點都具備的語詞，寫出來的文章，才能通古今、通行國際。希望教育部公佈台語語音用字時，能作到這個地步，使台語文、台語文學、台灣文化不失真，有氣質、有水準與北京語文並駕齊驅。

指　導：吳坤明

撰　文：呂理組

報導日期：2006/11/26

Sofia：

看到以上文章，頗感到訝異，酸赤與散赤不論聲母韻母都相差極遠，怎會誤用？

以下是本人過去撰寫的文章片段，請指教：

貧窮：散食（吃不齊全），莊子一書曾有散木一詞，「匠者不顧」（木匠連看都不看一眼，因其為散木，不好的木材），漢文「散」一詞有窮、惡、不全等意思，漢文化中常出現散仙、散人、散形等等。

南北朝時代出現廣陵散，根據學者考據廣陵散有二個意思，一個是音樂的曲風，一個是讓人飄飄欲仙的藥粉，類似鴉片煙，因為南北朝政治混亂，民生不安，文人無所依存之故。

（2006/11/28）

四二、零星、零散、零剩抑是闌珊？

提出問題：lan5 san台語指的是（1）零錢，（2）小數目。漢字寫成「欄珊」，對嗎？

回　答：不對，應作「零星」、「零散」或「零剩」才合理。

討　論：「闌珊」台語的讀音或北京方音都是 lan5 san。「闌珊」猶言「落衰」，《白居易詩》詩情經意漸闌珊。《李群玉九日詩》絲管闌珊歸客盡。《宋辛棄疾詞》：眾裡尋他千百度，那人正在燈火闌珊處。以上三處古詩、詞內的「闌珊」，都有「殘盡、將盡」的含意。「殘盡、將盡」與「零錢」、「小數目」扯不上關係。然而「零星」、「零散」或「零剩」等三詞，都有「零錢」、「小數目」的意味，詞義應無問題。今僅就「零」音lan5，「星」、「散」、「剩」音san，探其可能性。

「零」讀音leng5，語音音lan5時，語、讀聲母相同，（1）韻母呈a-e對應，（2）尾音呈n-ng對應。「星」讀音seng，語音音san時，語、讀聲母相同，（1）韻母呈a-e對應，（2）尾音n—ng對應。「剩」讀音seng7，語音音san時，語、讀聲母相同，（1）韻母呈a-e對應，（2）尾音n-ng對應。「散」讀音san3，語音音san時，聲母、韻母、尾音都相同，僅聲調不同，語、讀聲調，無論先天、後天都無同調的必然性。舉例如下：

舉　證：（1）「零」「星」「剩」韻母呈a-e對應：

「零」語音lan5（零星、零散、零剩），讀音leng5。

結　論：台語語音變化多端，一個語義，可有多種文詞的寫法，最重要的是語義不能遍離，且語音須與其讀音有對應關係。

指　導：吳坤明

撰　文：呂理組

報導日期：2006/11/18

Sofia：回應

這樣解釋是不對的，「零星」、「零散」或「零剩」三個詞發音各不相同，且與闌珊的語音差距極大，漢語延續幾千年，改變不大，從說文解字尋找台灣人的語言一一吻合，可知漢語延續既嚴謹且綿密，傳統漢人要求讀書人不逾矩有關，嚴謹的風氣對後世文字研究者非常有利。

貼一篇片段文章，請指教：

零星：闌珊（宋詞辛棄疾，眾裡尋他千百度，那人正在燈火闌珊處，元宵節應該是燈火燦爛，燈火零散的地方表示人跡稀少不熱鬧的地方，引申成零錢這是語言變遷之故）。

（2006/11/28）

四三、四食召抑是四秀抑是細饈？

Eric：

四三、四食召抑是四秀？這篇內容誤植。四食召抑是四秀？有人說是四獸也！

（2007/06/07）

sofia：

形音義乃漢文造字原則，我看不出零食與四獸有何關連？

（2007/06/07）

Eric：

漢族模製糕餅最初多半與祭祀相關！這種糕餅應該不止製作嚴謹，圖案想必也相當講究！而最道地的圖案應該是四神獸：青龍、白虎、朱雀、玄武。當然，後來這些正餐之外的食品畢竟還是祭了五臟廟。吃這些糕餅的人把它們統稱為四獸也，應該也算合情合理！

Anone，說了半天，到底還是沒看到你這篇的原文。

P.S.因為尚在搜尋出處與文物，以上推論仍屬推論。

（2007/06/07）

sofia：

如果是模製糕餅與祭祀相關，大多為人物花鳥，很少是獸類的圖案，此說未免牽強！

這篇的原文。請查十五常見的漢文錯別字零食：四秀兒（古時候裝零食的盒子分成四格，挑零食像選秀，引申出零食為四秀）。

（2007/06/07）

Eric：

果真是有些牽強！不過，選秀之說也是有點虎卵呀！不信！不信！

倒是自古隨時都不乏傾圮之廟堂。堂上瓦當（青龍、白虎、朱雀、玄武）淪為餅模應是可以想見的事。

再踹一個：（這個「踹」是華語中的英語外來字。）

四燒！至於是哪四燒尚在考證……。（應非人形燒，章魚燒一類。）

（2007/06/11）

sofia：

如果要再牽強一些，細饈不是更典雅嗎？

孔子說食不厭細，燴不厭精，所謂珍饈，細饈，豈不其來有自？

（2007/06/12）

Eric回應：

再虎卵一個「肆饈」，古早時代，零嘴糕餅不都是食肆來的？考慮一下！

（2008/02/05）

sofia版主回覆：

漢字、漢音同為一體，清朝的聲韻學之所以瞎子摸象，就是乾隆時期分割漢文，漢音，文字脫離語音，致使後輩不知所宗，漢文分崩離析乃因失落政權所致，研究漢文應該先知其音，閣下不知漢語，胡湊、亂湊，非士人之德，請謹言慎行！

如果閣下舉肆饈為例，應列舉出處，台灣人所言都出自古書遺跡，從古書可以找出台灣人的語言，符合古人嚴謹傳承的態度。

比如螞蟻，只有台灣人說蚼蟻，蚼蟻兩字出自莊子，白話文的螞蟻掃除文言文的蚼蟻，難道你不覺得悲哀莫過於此否？

（2008/02/05）

Eric回應：

「台灣人所言都出自古書遺跡」

未必然也！關於「四秀」最近問到一個老貨仔，他給我的答案是「小食」！源自日語，屬衍生用法，若為真，則不算古書遺跡……。

>難道你不覺得悲哀莫過於此否

悲哀豈止於此？

澠繩蠅<---為何一個聲符唸三種完全不搭嘎的音？？？

你知道到底是哪個白癡訂的標準音？

>閣下不知漢語，胡湊亂湊，非士人之

敝人連唐語都不敢言知，何況漢語？

豈敢以士人自居？予一介市井野人耳！

（2008/03/05）

版主回覆：

1、老貨仔？

你指的是年紀大的人吧！正確的文字是老歲兒！老貨仔與老歲兒發音天差地遠，不要強姦漢文。

再說「小食」發音與小姐同音，調不同而已，「小食」與四秀發音天差地遠，不要強姦漢文。

2、澠繩蠅北京語聲符完全不同至少韻母一致，但是漢語聲母韻母都一樣，漢文造音造字非常精簡，同一音有許多字，同一偏旁同音，非常有系統，但是北京語就非常凌亂，完全失去漢文精簡工整的精神。

3、歷史上沒有唐語這個名詞，唐朝人說漢語，漢語從劉邦統一民族語言思想之後，流傳二千年，這是專有名詞，不是漢人說的話就是漢語，皇室貴冑的漢人說的官方語言稱漢語，寫的官方文書稱漢文，這是專有名詞。

（2008/03/05）

四四、油車粿、油炸粿、油食檜、油炙粿抑是油食粿？

提出問題：早餐吃的「油條」台語叫作iu5 tsiah8 kue2，漢字何者為正名？

回　答：「油車粿」是iu5 tshiah koe2的諧音，其意無法解說。「油食粿」是惜音字，可解釋為「油吃粿」。「油食檜」是痛恨奸臣秦檜的人編出的故事：「油食秦檜夫婦」。以上三則都不是真的。台語iu5 tshiah8 koe2的正字應是「油炙粿」或「油炸粿」。

討　論：「炙」義烤、薰，「油炙」用油烤、薰，即「炸」也。「炙」讀音tsek語音tsiah8時，其語、讀聲母相同。（1）韻母呈ia-e對應，及（2）尾音呈h—k對應。又「炸」應是「炙」的後起字，康熙字典未蒐集。

舉　證：（1）「炙」韻母呈ia｜e對應

「炙」語音tsiah（油炙粿），讀音tsek。

（2006/12/05）

Sofia：

反對油炙粿、油炸粿為正解。

以字面解釋，炙音諍，相諍的諍，兩人相諍，炙與諍調同音近，與今天的食，不管聲母韻母都天差地遠。

再說炸，音乍，與爆炸的炸一樣，炙與炸不不管聲母韻母都天差地遠。

本人認為「油炸粿」才是正解，音合義切。

「油食檜」是民間痛恨奸臣秦檜編出的故事，但是此樣物品的確是岳飛歷史事件之後流行的。

再說，檜與粿不管聲母韻母都天差地遠。

漢語是官方語文，傳承嚴謹，絕對不會聲母韻母同時變遷，研究台灣語文的先輩，更應該嚴謹才是。

四五、明仔再、明之晬抑是明兒哉？

提出問題：明天台語音bin5 a2 tsai3寫成「明仔再」，有何字義？

回　答：不知何解，若有，其解為「諧音而已」。正確應作「明之晬」。

討　論：「明」為「明天」，「晬」即「一整天」，「明之晬」便是「明天的一日」，簡說「明日」。「晬」讀音tsui7，語音音tsai3時，語、讀聲母、尾音都相同，韻母呈a—u對應：

舉　證：「晬」韻母呈a—u對應：

「晬」語音tsai3（明之晬），讀音tsui7。

報導日期：2006/12/05

Sofia：

正確的文字應該明兒哉，請參考奇摩網站知識+，也哉是漢文常見的語尾助詞，從明兒哉、今兒日、另日、昨方、當值兮「正在」，等時間用詞都可以見到台灣的語言保存古代漢文的文字精髓。

「晬」說文解字並無此字，康熙字典謂說文：週歲也。

國語辭典謂度晬（顏氏家訓：江南習俗，兒生一期，男則用弓矢紙筆，女則用刀尺鍼縷，並加飲食之物，及琴寶服玩置之兒前，觀其發意所取，名之為試兒，測兒前途，驗兒性情）。可見漢代並無度晬習俗。

（2006/12/11）

四六、古老殊古抑或古老溯古？

提出問題：指「物品非常古老」以「古老溯古」形容，合意嗎？

回　答：應以「古老殊古」較合語意。

討　論：「溯」義「逆流」、「回憶」，且「溯」讀音sok是促聲尾，soo7是舒聲尾。「溯」用來形容「物體」之古老，音、義都不恰當。「殊」義為「特別」，「特別古老」為「古老殊古」。讀音su5，語音so7時，聲母相同，韻母呈oo—u對應，

舉　證：（1）「殊」韻母呈oo—u對應

「殊」語音soo7（古老殊古），讀音su5。
「夫」語音poo（諸夫），讀音hu。
「斧」語音poo2（斧頭），讀音hu2。
「蚨」語音poo（蝘蚨蟬），讀音hu5。
「婦」語音boo2（翁婦），讀音hu7。
「魚」語音hoo5（魚鰍），讀音gu5。
「舒」語音soo（舒爽），讀音su。
「需」語音soo（需費），讀音su。
「敷」語音koo5（敷藥兒），讀音hu5。
「麩」語音phoo（麥麩），讀音hu。

結　論：台語正字以音、義具全者為優先取用。所以形容「物品非常古老」以「古老殊古」為宜。
指　導：吳坤明
撰　文：呂理組
報導日期：2006/12/09

Sofia：

五南圖書出版的《閩南語辭典》：古老溯古，溯古，溯為動詞，追溯往昔的意思。
呂先輩此文捨「溯」取「殊，義為「特別」，「特別古老」為「古老殊古」。殊為形容詞，在古文之中極少如此運用，因為前面兩字「古老」已經是形容詞，再加一個形容詞「殊」，如此疊床架屋顯得技巧笨拙。

再說「殊」與「溯」雖然音近，但是聲母韻母以及音調皆不相同，「殊」是平聲，「溯」是仄聲，古人遣詞用字非常嚴謹，絕對不會平聲轉仄聲，即使如吳坤明先輩所謂的對應，也不會如此，如此勉強用字，本人認為不宜。

（2006/12/11）

四七、葺漏抑是撈漏抑是抓漏？

提出問題：舊屋漏水，找漏水源頭並修補之，台語說lia7 lau7，漢字寫成「掠漏」「抓漏」，對嗎？

回　答：不對！二者都僅止於「音」而，應作「葺漏」，才有意義。

討　論：語音證明如後。「葺」義，修補，「葺漏」修補漏水處。「葺」讀音tsip，語音音liah8時，其語、讀（1）聲母呈l｜ts對應，（2）韻母呈ia｜i對應，（3）尾音呈h—p對應：

舉　證：（1）「葺」聲母呈l—ts對應：

「葺」語音liah8（葺漏），讀音tsip。

（2006/12/11）

Sofia：

茸若是動詞為去聲，名詞鹿茸之茸為平聲，搦漏為上聲，不管聲母、韻母、聲調或是辭性均天差地遠，何以如此勉強用字？

茸：从艸，耳聲，搦：从扌，弱聲，抓从扌，爪聲，耳，弱，爪，三個音，以抓最接近台灣人說的抓漏。

（2007/05/22）

四八、請問「很有趣的小丑」的台語要如何唸？？？

奇摩知識+網友問：

請問「很有趣的小丑」的台語要如何唸？？？

Sofia答：

「很有趣的小丑」的台語翻譯為：真趣味兮小丑兒。

真趣味兮 ㄐㄣ ㄘㄧˋ ㄨㄅㄧ ㄇㄧˋ

小丑兒 ㄒㄠ ㄊㄧ ㄡ ㄚˇ

兒是語尾助詞，比如我們常常說阿扁兒，某某人兒。

四九、破麻抑是潑狸？

奇摩知識＋網友問：

有人會用國語罵「破麻」嗎？破麻為什麼是很難聽罵人的話咧？

我已經知道意思了 可是我還有一個疑問就是別人罵破麻都是用台語罵嗎？有人會用國語罵嗎？

（2006/01/11）

Sofia答：

正確的文字是潑狸，發音ㄆㄨㄞˋ ㄋㄚˋ，狸原本是一種動物因為生性淫蕩，後來被引申為妓女或是媽媽桑，所以罵人潑狸意思與妓女差不多，這是輕薄無恥的言語，千萬勿學！

五十、請問「孝孤」的意義及由來

奇摩知識＋網友問：

「孝孤」或「孝姑」？到底是什麼意思？怎麼來的？

為什麼台語說：「麥孝孤者」

Sofia答：

「孝孤」意思是孝敬孤魂野鬼，中元節時祭祀好兄弟孤魂野鬼謂之孝孤，一般民間引申出來孝孤有輕視的意思。

五一、汝的意思有「我」的意思嗎？

奇摩知識+網友問：

「汝」的意思除了「你」還有包括「我」的意思嗎？和一個白痴朋友為了這個打賭！（要裸奔！）我記得只有「你」的意思，他硬要搬出慈禧有講過一句話是「我」的意思！拜託請各位聰明的大哥大姊為我們解答！

Sofia：

「汝」語出詩經，意思是「你」，論語以爾代表你，所以古書中你有兩個字，一個字「汝」，一個字「爾」，詩經碩鼠篇：「碩鼠碩鼠，無食我黍，三歲貫汝，莫我肯顧。逝將去汝，適彼樂土，樂土樂土，爰得我所。

碩鼠碩鼠，無食我麥，三歲貫汝，莫我肯德。逝將去汝，適彼樂國，樂國樂國，爰得我直。

碩鼠碩鼠，無食我苗，三歲貫汝，莫我肯勞。逝將去汝，適彼樂郊，樂郊樂郊，誰之永號？」

（2006/01/22）

五二、有誰知道「骨立食栗，貧惰吞涎」俗諺的意思？

奇摩知識+網友問：

有誰知道「骨立食栗，貧惰吞涎」這則台語俗諺的意思？還有「有量才有福」「老虎頭老鼠尾」

Sofia：

「骨立食栗，笨憚吞涎」骨力→努力，食栗→吃栗「五穀之一」，笨憚→懶惰，吞涎→吞口水，這則台語俗諺意思是說努力工作才有栗「五穀之一」吃，懶惰的話只能吞口水，「有量才有福」，宰相肚裡能撐船，度量愈大福氣愈多「老虎頭老鼠尾」，頭像老虎尾巴像老鼠，虎頭蛇尾的意思。

（2006/01/22）

五三、請問台語的一些金額要怎麼發音呢？

奇摩知識+網友問：

請問台語的一些金額要怎麼發音呢？（如：十五塊、三十六塊……）買東西對方跟我講台語，我都聽不太懂，常用的一些金額，或比較難，台語跟國語的音差很多的，可以用注音表示給我聽嗎？

Sofia：

玆箍：一元，另箍：二元，三箍：三元，雜五箍：十五元，三雜六箍：三十六塊，古時候錢是圓的，一圈圈古時候用一箍「發音ㄎㄛ」，所以一箍表示只有一個錢，另外一箍加起來就是二個錢，雜表示很多的意思，後來變成十。

（2006/01/21）

五四、請問「閱讀」的台語怎麼唸？

「閱讀」是白話文，漢語曰讀冊，發音ㄊㄧㄛㄤㄑㄝ，編簡成冊，簡為竹簡，編諸多竹簡為冊，因之漢人曰讀冊，胡人曰讀書，胡漢用詞各異。

（2006/01/19）

五五、有人知道「俞」這個姓的台語怎麼唸嗎？

奇摩知識+網友問：

有人知道「俞」這個姓的台語怎麼唸嗎？我問了很多人都沒人知道!有人說是「ㄉㄨˋ」耶！到底是真的假的阿？

Sofia：

「俞」這個姓的台語唸ㄖㄨˊ，凡是有「俞」這個偏旁的都是相差不遠的音，比如愉快的愉台語唸唸看，比如周瑜的瑜台語唸唸看，比如宋楚瑜的瑜台語唸唸看，比如逾越的逾台語唸唸看，比如覬覦的覦台語唸唸看，漢字造字的原則以同聲不同調，同一個字不同偏旁表示不同的意思，這是造字的原則，請看一下許慎的說文解字，當然說文解字的謬誤不少，不過這是巨著，可以尋找許多字的來源。

（2006/01/13）

五六、鯨魚、海豚的台語？？

奇摩知識+網友問：

魚叫做ㄏㄞ ㄤ，海豚叫做ㄏㄞ ㄉㄨˋ ㄚˋ，那鯨豚台語叫做什麼呢？

最佳解答：Jung（研究生4級）

「海豚」的台語叫……ㄏㄞ—ㄉㄧ，為什麼叫海豬呢？那是因為這詞是從日文漢字～～豚來的，從前日本人在日據時代……有很多台語的音是從日文來的～～像賴打（打火機），而豚（日本漢字就是豬）～～例～～豚骨拉麵～！！是豬骨熬的湯～～！！

像宮崎駿的紅豬～～漢字為紅の豚～～！！

因此「海豚」的台語叫……ㄏㄞ—ㄉㄧ～～！！

鯨魚>>>翁，ㄤ：是指最大的意思！

海翁，ㄏㄞ ㄤ：就是海裡最大的動物啦！

Sofia：

樓上的說反囉！「海豚」的台語叫……ㄏㄞ—ㄉㄧ海豬，這詞是日本在唐代從漢人的漢字～～豚傳過去的，台灣一直保存古代的漢語，不是從日本傳過來的，古文典籍豚就是豬，豬是北京文，豚是漢文，胡漢用詞不一。

（2006/01/13）

五七、流氓或混混虧人會真心的嗎？

奇摩知識+網友問：

常看到路旁有流氓或混混說~ㄟ~小姐~要給虧嗎？這種虧會是真心的嗎？

Sofia：

正確的文字是詼，詼諧的詼，發音ㄎㄨㄟ ㄏㄞˊ，詼諧本是非常典雅的娛樂，樂而不淫，哀而不傷，雖然歡樂但是不過度，雖然哀愁但是不傷及身心，這是詼諧的至高境界。也是傳統文人溫柔敦厚的處世標準，但是路旁有流氓或混混說~ㄟ~小姐~要給虧（要予人詼否）嗎？這是輕薄無恥的行為，千萬勿學！

（2006/01/13）

eric回應：

詼應該不是動詞，至少沒見過當動詞用的！感覺ㄎㄨㄟ應是ㄎㄠ的音轉！

老一輩的人說的ㄎㄠ ㄎㄠ ㄙㄟ ㄙㄟ是來自〔風〕的日本音，〔風〕通〔諷〕，指的是用雙關語或比喻來傳達心意或探詢對方心意。只要不是言語輕薄或舉止輕挑，文質斌斌地ㄎㄨㄟ一下，也不算太無恥！

（2007/06/12）

Sofia：

請問你唸過文字學嗎？

老一輩的人說的ㄎㄠㄎㄠㄙㄟㄙㄟ正確的文字是刮刮洗洗，漢文凡是〔風〕的偏旁就唸風，日本音也是一樣。〔風〕通〔諷〕，唸風，但是意義不同，諷有糾正、規勸的涵義，並非雙關語或傳達心意或探詢對方心意。

日本人學漢文常常走精，台灣的鄉下人常說日本人有禮無體，意思是說日本人學漢文化只學到皮毛，沒有學到精隨。

舉花道、劍道、茶道、等日本文化為例，日本的花道、劍道、茶道禮儀繁複，大家對日本文化只知道禮儀繁複的各種道，但是台灣人的飲茶文化，重視茶葉本身是否養身、好喝，除了養身之外，色香味是評鑑茶葉的標準，也就是老子所說的反璞歸真的境界，台灣的飲茶文化才能展現漢文化的精隨。

花道、劍道、棋道、其他的文化都是一樣，日本文化就是孔子口中的賜也，爾愛其羊，我愛其禮。

（2007/06/12）

五八、鄭風子矜是由什麼筆法寫成的和什麼類型的詩？

奇摩知識+網友問：

請問一下有誰知道子矜這首詩是以什麼筆法寫成的嗎？賦、比、興三種的那一種？還有這是什麼類型的詩？麻煩請告訴我好嗎？急急急呀！！

Sofia：

〈鄭風．子矜〉出自《詩經》

青青子矜，悠悠我心。縱我不往，子寧不嗣音？

青青子佩，悠悠我思。縱我不往，子寧不來？

挑兮達兮，在城闕兮。一日不見，如三月兮！

大意：

你那青色的衣矜，縈繞著我多少的思念。

就算不去找你，難道就不會給我一個音信嗎？

你那青色的腰佩，縈繞著我多少的牽掛。

即便不去找你，難道就不會過來找我嗎？

我整天在城闕上走來走去，等著你過來。

雖然只是一天沒有和你見面，但是感覺上，卻好像是過了好幾個月一樣。

這是興的比法，興是心中的感嘆。

（2005/10/11）

五九、請問岳父母的台語？

奇摩知識+網友問：

請問一下，岳父和岳母的台語怎麼講呢？如果有兩種以上唸法請都告訴我唷！

Sofia：

岳父的台語叫丈人，岳母的台語叫丈母，女兒的夫婿叫丈夫，女兒的親人都是一丈以外的人，由稱呼可見古人重男輕女的觀念。

羅馬拼音法只有中國共產黨與台獨黨使用，國民黨使用國語注音法，現在大家使用的注音適合北京語，漢語使用聲母韻母拼音法，一九四九年之前台灣人使用漢語聲母韻母拼音法，一九六五年之後國民黨頒布國語注音法，一直到二千年民進黨上台，變成羅馬拼音法，國語注音到目前為止一共使用四十年。

（2005/10/12）

六十、台語的ㄘㄡˋ應該怎麼表示？

奇摩知識+網友問：

就是很大聲罵人，把人家ㄘㄡˋ，用國字要怎麼顯示？謝謝！

Sofia：

大聲罵人ㄘㄡˋ正確文字應該是錯，俗語舉叢好好無錯，錯的意思是用斤斧砍，磨刀也用錯，切磋琢磨，切磋古字是切錯，有來回摩擦的意思，引申出來錯姦成為男女性事，「甲郎ㄘㄡˋ」，正確的文字應該是偕郎錯，與郎君圓房的意思，古意非常典雅正式，由於年代久遠，無知的百姓誤用，成為粗鄙的用語。

（2005/10/12）

六一、台語「度咕」翻譯成中文，「咕」跟龜有關嗎？

奇摩知識＋網友問：

台語「度咕」翻譯成中文「咕」跟龜有關嗎？？我知道台語「度咕」是打瞌睡的意思，可是那個「咕」跟龜有關嗎？？「度」又是什麼意思？？？

Sofia：

台語「度咕」翻譯成中文，正確的文字是「啄龜」，跟龜無關，這是會意詞，打瞌睡的樣子像龜在啄東西。

（2005/10/11）

六二、抓周的台語要如何說呢？

Sofia：

度晬！顏氏家訓：江南習俗，兒生一期男則用弓矢紙筆，女則用刀尺緘縷，並加飲食之物，及琴寶服玩置之兒前，觀其發意所取，名之為試兒，測兒前途，驗兒性情。

（2005/10/13）

六三、鯽兒魚釣大鮐

提出問題：同屬鯉魚科的「鯽魚」，比「鯉魚」小，「鯉魚」台語又叫「tai7 魚」，tai7的漢字是「魚代」，對嗎？

回　答：不對，「魚代」是私造字，無任何意義。「鯉」才是tai7的正字。

討　論：「鯉」讀音li2，語音音tai7時，其語、讀（1）聲母呈t—l對應，（2）韻母呈ai—i對應，例證如下：

舉　證：（1）聲母呈t—l對應

「鯉」語音tai7（大鯉），讀音li2。

「內」語音tai3（內傷），讀音lue7。

結　論：據上舉證，「鯉」就有tai7的語音，不必另造新字。

指　導：吳坤明

撰　文：呂理組

報導日期：2007/01/03

Sofia：

「鯉」說文解字从魚里聲，應該唸公里的里，鯉魚說文解字為鱣魚，俗稱小龍，所謂鯉魚跳龍門，應該由此而來，所以古今鯉魚之稱所指不同。

所謂tai7的應該是鮐，說文解字「鮐」海魚也，從魚台聲，就是今天的河豚，所以鯽兒魚釣大鮐，或是大鯉，請教生物學家，河豚會吃鯽魚，還是鯉魚會吃鯽魚就可真相大白，依本人推論，河豚吃鯽魚的機率大一點，從生物學觀點推論「鮐」為正解，從聲韻學而言，「鮐」合乎台灣人的語言。

（2006/12/30）

六四、都位抑是它位？

北京話「哪裡」台灣人說「駝位」，「駝」只是借音，真正的文字，台灣的語文先輩還在摸索，桃園社會大學的台語正字研究班認為是「都位」，都平聲，駝上聲，雖然聲母相同，韻母卻不同，不合形音義原則。

本人由駱駝聯想到它，兩字同音，與台灣人說的「它位」，形音義皆合。

《說文解字》頁六七八：它：「虫也，从虫而長，象冤屈垂尾形，上古艸尻患它，故相問無它乎？」

翻譯成白話：「它指虫類，形狀彎曲垂尾，神農上古時代，雜草叢生，虫患擾民，所以，見面問好是「無虫乎？」類似後代的無恙乎？」

凡是「它」字邊都發音駝，比如陀、駝、坨、馱、鼉，無「它」表示安好無恙，「它位」表示虫所在之處，未知、危疑，台灣人口中的「它位」也有疑問之意，雖然無復東漢時代之字義，但是時代變遷，語言文字有所變化是文字學的自然演變。

「它位」乃本人淺見，有待語文學界先輩指教斧正。

（2007/01/13）

Eric回應：

應該是「底位」！

「底」在此有「何」，「什麼」的意思！例如：「干卿底事」？以上淺見！

（2008/02/05）

sofia版主回覆：

閣下應該是大陸人吧！

閣下所犯錯誤與聲韻學大師章太炎、趙元任、董同龢等名家一樣，值得原諒！

請你參考蘇菲亞看兩岸17大漢主義之2【北京人是漢人嗎？】

文字學始自《老殘遊記》的作者劉鍔，劉鍔到漢藥舖發現龜甲上刻有文字，便積極收集龜甲獸骨，研究發展出文字學。

聲韻學以章太炎、趙元任、董同龢等人為名家，研究聲韻學的著作，在台灣人看來都是啼笑皆非，不懂漢語的人研究聲韻學，如同不會做菜的人研究食譜一樣離奇。

文字學、訓詁學、聲韻學稱為小學，盛行於清朝中葉之後，乃至於今，章太炎在《國故論衡・語言的緣起說》：「語言不憑虛起，呼馬為馬，呼牛為牛，此必非恣意妄稱也。」

章太炎找出漢語中許多象聲詞作為例證：

何以言「鵲」？謂其音「即足」也（按「即足」為反切法表音）；

何以言「雀」？謂其音「錯錯」也；

何以言「鴉」？謂其音「亞亞」也；

何以言「雁」？謂其音「岸岸」也……

以上雀啦、鴉啦、燕啦、從文字學來說都是象形字，從聲韻學來說都是象聲字，如果懂漢語，也就是今天的台語，發音一遍就知道雀啦、鴉啦、燕啦、這些字的發音就跟這些動物的叫聲一樣，即「以聲象聲」，產生大量擬聲詞。

章太炎所舉的例證：

「鵲，即足也」

「雀，錯錯也」；
「鴉，亞亞也」；
「雁，岸岸也」……
如果以北京語發音將不知所云，章太炎的聲韻學發音不知何以為本，令人好奇，聲韻大師卻未知曉漢語，無以為本，亂做例證，胡謅一通，於今回顧過去所學，難怪大學所讀聲韻學處處頓塞不通。

（2008/02/05）

六五、呵咾抑是阿諛？

台灣人讚美人說「呵咾」，正確的文字為何？

从字義上來說「阿諛」接近形音義。

阿：說文解字，大陵曰阿，釋地、毛傳皆曰大陵曰阿，从𨸏可聲，毛詩，菁菁者莪，在彼中阿，傳曰，曲陵曰阿，大雅，有卷者阿，傳曰，卷、曲也，引申之，凡曲處皆曰阿，由以上典籍紀錄，「阿」本意是彎曲的意思。

諛說文解字羊朱切，音巫，與今天的老有些差別，ㄨ與ㄡ發音部位接近，韻母也接近，是否因此轉音，有待學界討論。

諛，康熙字典記載，唐韻，楊朱切／集韻韻會容朱切，正韻雲俱切，音俞，史記叔孫通傳，先生何言之諛也，莊子漁父篇，不擇是非而言謂之諛，荀子修身篇，以不善和人者謂之諛，莊子天地篇，孝子不諛其親，鹽鐵論，富貴多諛言，集運類篇从俞戍聲，俞去聲義同。

由以上紀錄，「諛」在古人生活中是常見的語言文字，發音ㄉㄡˋ，去聲，與今天的ㄉㄡˋ也是去聲，聲母相同，韻母ㄨ與ㄡ常見互轉，本人認為阿諛是正確的文字，些許淺見，有待學界討論。

（2007/01/15）

六六、博笅抑是博局？

北京話賭博台灣人說博局，民間白丁誤為博笅，打開網頁，漢朝文物有一面「博局鏡」，見「翰瑜堂文物藝術」網站http://www.arts111.com/pviewitem2.asp?sn=554

這面博局鏡又稱仙人不老鏡，圓紐，四葉紋鈕座，直徑15.3cm。

西漢八鳥博局鏡（有傷），直徑13 cm，二〇〇四年拍賣成交價一萬八千元。

西漢鎏金博局紋鏡，湖南省博物館藏，徑13.8厘米，一九七八年湖南長沙楊家山三〇四號墓出土，圓鈕，柿蒂形鈕座，通體鎏金，主題紋飾為博局紋，素寬緣。

網站http://www.gg-art.com/include/viewDetail_b.php?columnid=50&colid=1053

大陸浙江、安吉、楚文化考古首次出土戰國博局漆木瑟（北京新浪網）。

故宮博物院保存我國古代唯一完整的六博用具，原盛放在方形漆盒裏，包括博具盒、博局（棋盤）、棋子、木骰（18面體的球形）等。

這是漢朝人的方城之戰，實物請見網站

http://www.npm.gov.tw/exhbition/han9909/handynisty/live/art12.htm。

所謂博局，也稱博戲、陸博，是一種古老的棋戲，大約在春秋時就流行於民間，到了秦漢，連官府商賈也要玩，盛行一時。

博局不僅是古老的棋戲，也融入生活與戲曲中，漢朝出土許多博局鏡，可見博局常見於當時生活。台灣的地方戲曲天子門生陣中蒼老的生角是「博局翁」，台灣的河洛歌兒戲戲齣「博局歌」，不管文物、戲曲、史冊、語言，博局淵遠流長，台灣人保存古老的文化、語言、文字，由博局之二字可見一般。

（2007/01/17）

六七、半暝抑是半晚？

說文解字「晚」：「莫也，莫者，日且冥也」从日在茻中，引申為凡後之稱。从日，免聲。

說文解字有冥，無暝，冥，窈也，深遠的意思，與今天的暝意思不一樣，「暝」應該是台灣人自創的文字，本人研習漢文學，並未在古書中見過暝之字。

由說文解字看來，東漢時期漢語「晚」唸「免」，與冥同音，北京語唸「婉」，兩種語言極為懸殊。所以北京語「晚上」，正確漢文是「晚時」，台灣民間白丁誤為「暝時」，此乃台灣語文學界並未接觸晚清樸學，未有文字學基礎之故。

加上，台獨運動去中國化，將樸學列為中國國學，排斥愈甚，致使台灣的語言、文字愈行愈遠，古今難以串聯。

中國的國學是白話文，樸學才是漢人的國學，台灣人是漢人，台灣人說漢語才是五千年歷史的國語，台灣人的語言都被文人紀錄在史冊中。

今天，造成台灣人有語言、無文字，乃因白話文運動，政府推動國語運動，漢語漢文被北京語切成兩半，語言找不到文字，文字保留在古籍之中，變成艱澀難懂的書籍。

期待台灣語文學界，加強樸學基礎，努力將台灣人的語言找出正確的文字，那麼，失落四百年的漢文化復興有望。

（2007/01/19）

六八、豎子、俗仔抑是卒兒？

「豎」辭海字典上有幾個意思：

(一)、書法直寫的筆劃。

(二)、古代年輕的僕人，如小豎，後人誤為小斯。
(三)、舊時宦官，如內豎，後人誤為內侍。
(四)、把東西直立起來，如豎立。
豎子：本意為小孩，引申意罵人幼稚無能，史記項羽本紀：「豎子不足與謀。」
豎吏：小吏。
豎臣：小臣。
豎儒：昏愚不識大體的讀書人，漢書張良傳：「豎儒幾敗乃公事」。新方言釋言：「豎儒，侏儒也，短人淺小，童子蒙昏，故罵人昏愚謂之豎儒。」
戰國策、燕策三：「荊軻怒叱太子曰：今日往而不反者，豎子也。」
史記卷七、項羽本紀：「唉！豎子不足與謀。奪項王天下者，必沛公也。」
五代史平話、周史・卷上：「何物豎子？為此浮言，以沮我師！」
由以上古文，豎有小之意，豎子該如何發音？
說文解字，凡臤之部首都唸鏗，台灣人說ㄎㄧㄤ子，意思是傻瓜蛋，臺灣人罵人ㄎㄧㄤ也就是「豎子」，頭殼豎豎「ㄎㄧㄤ」，後人說小子，就是古人說的豎子，意思一樣，文字不同，發音不同。

古人唸鏗，北京語唸千「ㄑㄢ」，漢文凡是臤都唸鏗，比如堅強的堅，鑑定的鑑，台語發音都與ㄎㄧㄤ相差不遠，這是形聲字，臤是聲符，另一偏旁是形符，這是文字學的基本學問。

台灣演藝圈有一位名樂師「孔鏘」，正確的的文字應該是空豎，意思是頭腦空空、幼稚無能如幼童，類似今天的白痴、智障等罵人之語。

台灣人罵人「俗兒」，正確的文字應該是「卒兒」，俗，庶與束台語發音接近，都是仄聲，「俗」與淑女的「淑」一樣。

豎子與庶兒、俗兒北京語發音一樣，但是台語發音天差地遠。

「俗」有兩種發音，風俗的「俗」與淑女的「淑」同音，仄聲，俗氣的「俗」與悚然的「悚」同音，上聲，所以「俗兒」這個字是借用北京語發台灣字，大陸人更突發奇想，誤以為豎子，簡直莫名奇妙，正確的文字是「卒兒」，才合乎形音義。

台灣人說話與史記、說文解字一模一樣，台灣人保存漢文化，漢人五千年歷史的官方語言文字，卻失落在民間，漢語失落將近五百年，不是一時之間恢復得了，只有蘇菲亞癡癡傻傻愚公移山，夢想復興漢文化，請原諒蘇菲亞既癡且愚！

（2007/01/20）

eric回應：

我又來了！

卒也，一般是指使用小詐術騙人的小腳色！有別於使用威望或蠻力使人屈服的另一類人，術仔似乎比較接近些？

（2007/06/06）

Sofia：

卒兒，是小卒之意，供人驅使的角色，並非指用小詐術騙人的小腳色，我想你並不了解台灣話。

（2007/06/06）

Eric：

哈哈！就是不了解才會有意見呀！如果是真正了解的話，應該是不容反駁的！不是嗎？「術」仔這個詞是二、三十年前才漸漸轉換成目前「供人驅使的角色」這個意思的。在更早之前，這個詞並不是這個意思！而是比較接近老千，郎中的意思。嗯！很難接受，是不是？若非一直有意地注意這方面的發展，是很可能忘記這種變化的！

「術」常做動詞用，入聲，一般是指用語言使人陷於錯誤而失去財物或做錯誤的事情！曾經懷疑「唆」是正確的字，但是一直沒空做進一步的考證。

（2007/06/07）

sofia：

台灣人好像沒有這種用法，存疑。

（2007/06/07）

eric：

存疑是可理解的，這種用法只存在台北市區一部份工農階層之中。因為類似詞是本來就存在的，它缺乏擴散的動力。提它是因為約略記得它及「術」仔是同時發展開來的。

P.S.：

我祖父的台語是泉州腔，祖母的台語是樟州腔，外祖母的台語是安溪腔。他們有生之年從未改變自己的腔調。因此，我自小就對台語的各種腔調、用詞相當具有「容忍性」。直到中學之後才開始意會到有些用詞可能是訛誤的。

（2007/06/07）

sofia：

七兒的說法並不只是侷限在台北地區，我在嘉義鄉下長大，常聽到七兒，鄉下人與美軍並無接觸，為何有此名詞？可見這是普遍的用詞，與美軍無關。

（2007/06/07）

六九、七兒？妻兒？粟兒？

「七兒」台灣話意思是交往中的女朋友，使用這些語言大都是農工階層，給人感覺低俗、不堪，一般讀書人不會用這些字眼。

「七兒」真是低俗、不堪的語文嗎？

台灣人為什麼稱呼交往中的女朋友「七兒」，正確的文字為何？

商亡之後箕子誓言不食周粟，餓死首陽山，「粟」這個字廣韻相玉切，音七，集韻韻會須玉切，臺灣人說稻子正是「七兒」，台灣人說的「粟」與宋朝人說的「粟」同音。

七、妻，北京語同音，台灣話卻不同音，七是入聲，妻是平聲，音調差別很大，七、粟，台灣話同音，北京語卻不同音，音調差別也很大，從聲韻學角度看「七兒」正確的文字應該是「粟兒」，而非「妻兒」。

粟是五穀之首，民以食為天，女朋友是靈魂糧食，也是淫慾糧食，此為輕薄之意，與今天的涵義相同，而妻子不僅僅是靈肉之糧，尚且具有倫理道德莊嚴無比的社會地位，因此，從字義而言，七兒乃粟兒，非妻兒。

以上推論得知，「七兒」真也是低俗、不堪兮語文，儒學之子切勿言之！

（2007/01/24）

Eric回應：

對您淵博的漢語知識非常景仰，但是對這個「七兒」，我持保留意見！

我的看法是：

(一)、它是美軍帶來的外來語

(二)、它是藉著趁食諸某及蹉跎人傳開來的

(三)、chick==>chick仔

(四)、它還真是不雅的稱呼（比中文的馬子好些）

（2007/06/06）

Sofia：

多謝你的賞識！

如果是美軍帶來的詞，應該在相關階層流行，為何在農工階層流行？這種說法不通。

（2007/06/06）

eric：

爾系讀書郎！

讀書郎有較明確的階層觀念，所以會認為語言不容易跨越階層。

關於這個詞之所以會在農工階層流行，個人的看法可再補充如下：

(一)、韓越戰美軍放假來台都集中在林森北路中山北路附近是事實。

(二)、但是從事特種行業女子在上述地工作到年齡上限後，就會擴散到其他地區與其他階層。

(三)、個人推測大部分應該是從良，其次是轉到理容業，再者就是淪為流鶯，這些都是農工階層容易接觸到的範圍。

(四)、台語裡面最接近的對應詞是「愛人仔」，一九六〇年前後？

(五)、台語裡面缺乏對應詞，自由戀愛盛行之後對這個詞的需求就出現了，來自華語的「女朋友」，來自眷村的「馬仔」，來自美軍的「七仔」就通通被台語吸納了。

(六)、這個詞在一九七〇年前後漸漸開始有人使用，剛開始聽到時，實在是莫名所以！因此印象深刻

（2007/06/07）

sofia：

失禮乎！看到錯別字就想糾正，中文系之通病。

爾是讀書人茲是正確！

郎發音ㄌㄤˊ，不是ㄌㄨㄥˊ

階層是自然兮現象，並非是讀書人之觀念，語言不會跨越階層也是自然現象。

(一)、如果是美軍流傳下來，應該有相對的美語，請問七兒相對的美語是什麼？

(二)、「愛人兮」在一九六〇年前後出現，是因為共產黨的緣故，世界上只有中國的共產黨稱呼

愛人，別人沒有這個稱呼。

(三)、「馬仔」正確應該是馬兒。

（2007/06/07）

Eric：

相對的美語應該是Chick:

Chick

KK: []DJ: [] n.（名詞noun）[C]

【俚】少女；少婦；小妞。That chick is really cute那個小妞真俏。

Chick後面的「也」是台灣人加上去的，應該不算是多餘的字！

有沒有聽過「跳浪司」，其實是「跳Dance」！

台灣人不知道Dance就是跳舞，多加了個「跳」字！

順便請教一個詞：

「哈」褲帶的「哈」是哪一個字？「合」嗎？

（2007/06/07）

sofia：

結褲帶。

你可以查五南圖書出版的《台灣閩南語辭典》、《說文解字》、《康熙字典》，或是《廣韻》，這幾本是我常用的工具書。

我沒聽過「跳浪司」，在鄉下哪裡去「跳浪司」。

（2007/06/08）

七十、A錢抑是掖錢？

政黨輪替之後，新政府大力掃貪，百姓怒指貪官污吏「A錢」，報章雜誌遍佈「A錢」兩字，到底「A錢」是什麼意思？

「A錢」台灣話意思是「錢掖之腋下」，北京語沒有適當的文字，所以用同音的英文字母代替。其實，「掖錢」注音「ㄟˋ」，並不是A，應該是國文不好的記者有邊唸邊，無邊念中間，不懂台灣話，又懶得翻字典，才產生「A錢」這個新聞字。

「掖」台灣話很難發音，說文解字：「掖，一曰臂下，從手夜聲，俗做腋。」與葉啟田的葉同音，這是入聲字，入聲字佔漢語約五分之一，在古代詩文之中，入聲字很重要，在音韻上居於樞紐之地，沒有入聲字，漢文等於沒有生命。

五四運動，白話文新文化運動之後，北京語文取代漢文，漢語入聲終於消滅殆盡，漢人子孫再無緣欣賞起伏有致、音韻優美的詩文。

小學教孩童唸四書五經，沒有入聲的北京語聽起來僵硬、崎嶇、音韻不暢，我非常生氣，禁止我的小孩背誦四書五經，校長以及老師很訝異，我不是中文系的嗎？滿肚子苦衷豈是三言兩語說得清？

我每天努力鑽研台灣的語言文字，希望在有生之年能夠將槁木死灰的漢語注入生機，將來蓬勃發展，我的孩子已經來不及，希望孫子在學校能用漢語背誦四書五經。

（2007/01/26）

七一、頑性抑是孽痟？

頑：音元。

孽：音ㄍㄝˋ，很難發音，北京語無此音。

逆：音ㄍㄧˋ，很難發音，北京語無此音。

「潲」廣韻：所教切，稍去聲，水激也，日汛潘以食豕。

數：音素。

潲：音脩。

髓：音隨。

由以上發音，不管是頑性、孽數、逆潲、孽髓都與「ㄍㄝˋ ㄒㄧㄠˋ」之音相去甚遠。

正確的文字是「孽痟」，此兩字的確是不雅語文，請見台灣五南圖書出版的《閩南語辭典》頁

三七四、三七五，也請參考本人過去寫的一篇文章「哮嘷兮白賊七」。

（2007/01/29）

七二、腳騷抑是胯騷？

台灣話「腳騷」，等同北京語「糟糕」，臺灣人稱呼出賣靈肉的妓女為「腳騷諸某」，正確的文字應該是「胯騷諸某」才對。

滿清末年老殘遊記作者劉鶚發現龜骨獸甲上的文字，後人稱為甲骨文，晚清文字學因此盛起，帶動訓詁學以及聲韻學，三者合稱樸學，民國之後，大學中文系改稱小學。

甲骨文發現之後，印證東漢許慎所著的說文解字，有許多吻合之處，上、下兩字就是例子。甲骨文二，筆劃下長上短，為上之古字，二的相反，上長下短，為下之古字，說文解字認為上為轉注，但是高中國文課本卻認為指事，六書認定各家不同。

下：說文解字：「古文為丅，胡雅切，胡駕切」，發音夏天的「夏」，或是「ㄎㄚ」。

胯：股也，兩股言曰胯，廣韻曰，兩股之間也，史記曰，不能死，出我胯下。

腳：說文解字：「卻聲」，台灣人稱讚有氣魄的男子漢為好腳數，正合乎東漢時代的語言。

北京語「腳」，在一九一一年之前漢文用「足」，漢文有足下、膝下，就是沒有「腳」下，北京語腳，漢語發音卻，台灣人發音「ㄎㄧㄛㄡ」，台灣白丁誤用庄腳、樓腳、竹林腳，褲腳、腳手，正確的文字應該是下，如庄下、樓下、竹林下，褲下、下手。

宋朝戲曲、雜劇中常見庄下、下手等詞語，尤其是下手，北京語手腳不夠，台灣人卻說「下手不夠」，由此可見，「腳」非「下」，「下」非「腳」，「下手不夠」更清楚表達富貴人家差奴使婢的語文習氣，更合乎文人墨客遣詞用字的習性。

騷：說文解字：「摩馬也，人曰搔，馬曰騷，摩馬如今人之刷馬，引申之意為騷動，屈原列傳曰離騷者猶離憂也，騷與憂古同音。從馬蚤聲，酥遭切。」

由說文解字看出，騷在戰國時代是憂愁之意，到了東漢變成騷動，唐詩宋詞中所謂引領風騷、一代風騷、騷人墨客，又離東漢騷動之意更遠，台灣人口中的風騷，有蹉跎時光、遊手好閒之意，「風騷諸某」指浪蕩不拘的女性，後來專指妓女，由「風騷諸某」變成「胯騷諸某」。

臺灣人使用的語言處處與宋朝一代吻合，台灣人的語文正是官家語文，豈非歷史鐵證？

（2007/02/01）

七三、妻操？抑是腥臊？抑是鯹鱢？

「妻操」台灣話指飯菜很豐富，這是音譯，因為沒有適當的文字，台灣桃園社區大學台語正字研究班認為「妻操」為正解，因為妻子在廚房操勞，才有豐富的飯菜。

本人研讀古文的經驗，漢文極少如此運用文字，一般都是觀摩動物，或是約定成俗成語言，然後才有文字，翻遍各大字典均無妻操兩字，可見此乃憑空捏造。

臺灣人的語言大都沿襲漢文傳統，少部分夾雜日語、山地語以及西班牙、葡萄牙、荷蘭等外來語。所謂台語有音無字，指的是少部分的外來語，大部分台語都有音有字，只是失落在典籍詩章中，有待後人尋覓，並非如外人所言台語有音無字。

本人研習說文解字，無意間發現「鯹鱢」兩字，發音竟然與所謂的「妻操」同音，因此推論，正確的文字是「鯹鱢」，俗做「腥臊」，發音星梟，星月的星，曹操的梟，偏旁一為魚，一為肉，漁或肉都會發出「鯹鱢」臭味。

漢字凡是偏旁星都是聲符，唸星，凡是偏旁梟也是聲符，唸梟，漢字一音多字，一字多音，文字與聲韻交叉運用，簡約的漢字便能表達複雜的文思，漢文傑出的構造遠非世界其他三大文明所能比擬。

期待台灣語文界重新審度研究的方向，探詢漢文失落四百年的歷史黑洞，彌補漢文、漢語的隙縫，當漢文與漢語接軌，始為漢文化復興之基石。

（2007/02/03）

七四、抓癢抑是扒恙？

北京語抓癢，正確的漢文為「扒恙」。

抓：从手爪聲，音爪。

養：从疒養聲，音養。
扒：从手八聲，音八。
恙：从心羊聲，音羊。
由說文解字可見，台灣人說扒恙正是北京語的抓癢。
北京語慢手頓腳，台灣人說搔下搔手，說文解字：騷及搔，二字義相近，騷行而搔廢矣。
翻做白話，古文騷與搔同義，騷字風行，搔就廢去不用。
台灣人說搔下搔手、搔來搔去，有拖延時間，動作緩慢之意。
由上可見，白話文與漢文天差地遠，是二套截然不同的語文。

（2007/02/05）

七五、癩痾抑是太膏？

膏：《說文解字》，肥也，从肉高聲。
台灣話「太膏」北京語為「骯髒」之意，但是坊間卻誤為「癩痾」。
「癩痾」出自五南圖書出版的《閩南語辭典》，从文字學分析，癩，从疒賴聲，音賴，痾，从疒阿聲，音阿，賴阿與台灣話太膏差距甚遠。
太膏，古文意思太肥，藥力不及，病危之際，成語病入膏肓，古以膏為心尖脂肪，肓為心臟與隔膜之間，膏肓之間藥力不及，喻事已至此，無可挽回。

病入膏肓成語來源於《左傳‧成公十年》，疾不可為也，在肓之上，膏之下，攻之不可，達至不及，藥不至焉，不可為也。

翻做白話：春秋時期，晉景公有一次得了重病，聽說秦國有一個醫術很高明的醫生，便專程派人去請。

醫生還沒到，晉景公恍惚中做了個夢，夢見了兩個小孩，正悄悄地在他身旁說話。一個說：「那個高明的醫生馬上就要來了，我看我們這回難逃了，我們躲到什麼地方去呢？」另一個小孩說道：「這沒什麼可怕的，我們躲到肓的上面，膏的下面，無論他怎樣用藥，都奈何我們不得。」

不一會兒，秦國的名醫到了，立刻被請進了晉景公的臥室替晉景公治病。診斷後，那醫生對晉景公說：「這病已沒辦法治了，疾病在肓之上，膏之下，用灸法攻治不行，扎針又達不到，吃湯藥，也無效力，這病沒法子治啦！」

晉景公聽了，心想醫生所說，果然驗證了自己夢見的兩個小孩的對話，便點了點頭說：「你的醫術真高明啊！」

說畢，叫人送了一份厚禮給醫生，讓他回秦國去了。

由古文可見，太膏之意為太肥、太糟糕、太危險，與今天太骯髒，習相近，義相遠，三字經古訓果真無誤。

（2007/02/06）

七六、滾笑抑是諢笑？

北京語「開玩笑」，正確的漢字應該為諢笑、講詼諧「ㄎㄨㄟ ㄏㄞˊ」。歌兒戲詞：「欲做小生無詼諧，欲做小旦未曉畫目眉。」

諢從言軍聲，北京語唸混，漢語唸軍，台灣人也唸軍，說文解字並無諢字，諢大量出現在宋雜戲、元曲，與唐代的傳奇之中，可見諢是唐代之後才出現的字。

南宋孟元老《東京夢華錄》回憶北宋汴梁盛況，談到「京瓦技藝」云當時說話的分目，有小說、合生、說諢話、說三分、說五代史等，合生約莫就是現在的模仿秀、說諢話則是講笑話，小說則專講故事。

以上資料，顯示宋朝的諢話，與今天臺灣人說的諢笑一樣意思。

（2007/01/03）

七七、糾正綠色短評的文章

上網查詢「一寡」，無意中看到綠色和平電台的這篇短文，錯字連篇不免手癢，糾正幾個字，如下：

綠色短評

曷有也無人有法也？sofia

有一許所謂兮「名嘴」一日到暗之幾兮電視台「爆料」，講政府官員、講總統、副總統一許內幕消息。

伊兮本事就是：空嘴哺舌，講一兮影生一兮子，無、要啼到有，有、要啼到無。

伊曷爾一兮用意，就是要予人民感覺茲兮政府做無大致、也真不效率、政府官員及總統、副總統攏是無能兮，政府官員是貪污無清廉兮，所以應該落台。

自從二〇〇〇年政黨輪替彼時瞬開始、一直罵到茲時瞬，之電視節目頂面公然造謠講白賊，咱老百姓實在是看未落去、聽到擋未著矣，直直要受氣起來。

你若講伊烏白講，有證據應該提出來交予檢調單位處理，伊會應講，檢調單位應該去調查我所提起彼幾兮人，奈是叫我提出證據？

證據？曷不是檢調機關應該去查兮！你若問伊，茲消息它位來兮？消息來源曷有可靠？伊會應講，消息來源當然可靠，全台灣曷爾三兮人知也耳耳！但是為著保障彼兮人之安全，我未使講出彼兮人之名。

你若想講，伊請裁講講一兮，逐兮也請裁聽聽一下，聽了就遂。焉爾你就錯了！因為滋奇怪兮大致會發生，檢調機關兮人奈兮像攏是伊請兮，伊烏白講一堆人名，檢調機關有也一兮一兮調來問。

問了結果完全無茲兮大致，彼兮烏白「爆料」兮「名嘴」不但無大致，遂顛倒見笑轉受氣，罵茲兮媒體報導不公平，罵彼兮媒體報導不照事實。

伊就放調講要去告彼幾間媒體！伊攏不想看，予伊烏白唸著名報著名、遂予檢調單位叫去問兮人要焉怎，是不是曷爾會當怨歎若像予鬼兒撻著，有夠衰兮？

抑是和伊仝款，去法院告伊？問題是並不是每一兮人攏和伊仝款閒閒無大致做！

美國第十六位總統Abraham Lincoln曾經講一句真有名兮話：「你有可能一時騙會過所有兮人，也有可能永遠騙會過一許人，但是你無法度永遠騙過所有兮人。」

免免免！不免騙滋爾濟。我講選舉是「你若有法度一時騙過一許人，彼兮人有夠額與你當選，你就變作議員、縣市長、抑是立法委員。不免永遠騙過所有兮人。」

仝款兮道理，電視談話性節目兮「名嘴」，伊「爆料」是真？是假？攏不重要，若是有一部分兮人之兮看彼兮節目，照A.C Nielsen兮收視率調查，彼兮時段看電視兮人一百個有三、五也之兮看彼兮節目，電視公司就滋滿意，就會繼續請茲款兮「名嘴」來烏白「爆料」，管伊真兮抑是假兮？

對茲種公然烏白講話兮人，曷有也無人有法伊？

（2007/05/26）

原文：綠色短評

敢有影無人有法伊？　李南衡

有一寡所謂的「名嘴」一日到暗佇幾個電視台「爆料」，講政府官員、講總統、副總統一寡內幕消息。in的本事就是：空嘴哺舌，講一個影生一個子，無、欲cheN3到有，有、欲cheN3到無。In千單一個用意，就是欲互人民感覺即個政府做無代誌、ma7真無效率、政府官員及總統、副總統攏是無能的，政府官員是貪污無清廉的，所以應該落台。自從二〇〇〇年政黨輪替彼陣開始、一直罵到即陣，佇電視節目頂面公然造謠講白賊，咱老百姓實在是看be7落去、聽到擋be7住ah，直直欲受氣起來。

你若講伊烏白講，有證據應該提出來交互檢調單位處理，伊會應講，檢調單位應該去調查我所提起彼幾個人，那是叫我提出證據？證據？敢不是檢調機關應該去查的ah！你若問伊，這消息ui3叨位來的？消息來源敢有可靠？伊會應講，消息來源當然可靠，全台灣千單三個人知影耳耳！但是為著保障彼個人的安全，我be7使講出彼個人的名。

你若想講，伊清彩講講一下，逐個ma7清彩聽聽一下，聽了就煞。按呢你錯了！因為足奇怪的代誌會發生，檢調機關的人那像攏是伊倩的，伊烏白講一堆人名，檢調機關有影會一個一個去調來問。問了結果完全無即號代誌，彼個烏白「爆料」的「名嘴」不但無代誌，煞?倒見笑轉受氣，罵即個媒體報導無公平，罵彼個媒體報導無照事實。伊就放調講欲去告彼幾間媒體！伊攏無想看，互伊烏白唸著名報著名、煞互檢調單位叫去問遐的人欲按怎，是不是千單會tang3怨歎那像互鬼仔拍著有夠衰耳耳？抑是及伊仝款，去法院告伊？問題是並不是每一個人攏及伊仝款閒閒無代誌做！

美國第十六位總統Abraham Lincoln曾講一句真有名的話：「你有可能一時騙會過所有的人，ma7有可能永遠騙會過一寡人，但是你無法度永遠騙過所有的人。」免免免！不免騙遐濟。我講選舉是「你若有法度一時騙過一寡人，彼寡人有夠額互你當選，你就變作議員、縣市長、抑是立法委員。

不免永遠騙過所有的人。」仝款的道理，電視談話性節目的「名嘴」，伊「爆料」是真是假攏無重要，若是有一部分的人佇看彼個節目，照A.C Nielsen的收視率調查，彼個時段看電視的人一百個有三、五個佇看彼個節目，電視公司就足滿意，就會繼續請即款的「名嘴」來烏白「爆料」，管伊真的抑是假的？

對即種公然烏白講話的人，敢有影無人有法伊？

七八、識字抑是覓字抑是別字？

去年二月，我曾經撰寫一篇文章，鑽研台灣人口中的「八字」，我以為應該是覓，與姚騰陽先生長篇辯論，不得其果。

今年六月，教育部出版《閩南語常用三百詞》，其中的識字，教育部定為「捌字」，是這樣嗎？

我每天都在思考，到底正確的文字為何？

黃俊雄布袋戲的語言是典雅的漢文，有一句話大家朗朗上口「瞞者瞞不識，識者不能瞞」，所以識字，識發音同「色、室」，並非發音為「八」。

「捌」：國語辭典：

(一)、「八」的大寫。

(二)、一種農具。即無齒杷，用來推聚晒穀場上稻穀的器具。

從國語辭典、廣韻、說文解字等文字學工具書，捌與「識字」並無關聯，均未合乎漢文形音義的要求。

國語辭典與廣韻內容一樣，說文解字並無捌，可見「捌」出現在宋朝之後。

(三)、動詞：剝開、分開。同扒，音八。

本人認為正確的文字是「別字」！

八：甲骨文是兩個人背對背，八，別也。八有兩個音，三八的八，與扒開的扒，兩個音不同，台灣人口中的別字正是三八的八。

別：古文是兩個八上下重疊。

說文解字偏旁在「八」，音八，義：分解也。

玉篇：分別也。離也。

增韻：辨也。

禮曲禮：日月以告君，以厚其別也。

國語辭典：別字：筆劃錯誤，或誤寫音同意異的字。

由以上文字學工具書得知，別字在廣韻、說文解字，也就是清朝之前，乃辨識文字之意，與今天台灣人口中的別字，形音義完全吻合。

至於國語辭典：別字「筆劃錯誤，或誤寫音同意異的字」，完全脫離古訓，應該是受五四運動影響，語言脫離文字，以致望文生義。

至於教育部（閩南語常用300詞）中「捌字」，從字義看，是扒開文字，真乃不知所云，台灣語文學前輩不知漢文形音義為何物，由「捌字」可知一二，期待台灣語文字學前輩制定正確的文字，延續傳統文學，是吾輩子孫之責。

（2007/06/17）

七九、從厭僐了悟漢文漢語為何脫鉤？

早上整理文稿，遍尋不著台灣人口中的「厭僐」兩字，後來在彙音寶鑑中查到「僐」，說文解字、廣韻、康熙字典都記錄『僐：作姿也』。

作：古文「起」，作姿翻做白話「起身之姿」，引申出伸懶腰之意，與今天臺灣人說的話「厭僐」完全吻合。

五南圖書的《閩南語辭典》，吳守禮造字為疒善，此人應無文字學基礎，始有此作。

說文解字、廣韻、康熙字典都有僐字，國語字典已經找不到僐字，電腦字典也查不到僐字。

從古至今，所有的漢文工具書，均以聲尋字，乾隆帝編纂康熙字典改以筆劃尋字，改變讀書人的習慣，目的在分開漢文、漢語，進而將漢文化碎屍萬段。

民國之後，筆畫加上注音「北京語」尋字，完全脫離漢語尋漢文的古風，漢文、漢語正式割裂，漢文化支離破碎，只保存在布袋戲、歌兒戲、與百姓的口中，民間的販夫走卒不識之無，於是走音、走精成為今天的台語。

乾隆帝整肅漢文、漢字，編纂康熙字典、四庫全書，史家譽為功績，說文解字著作值乾隆帝一朝達到史所未有之高潮，我一直不明所以，認為也許讀書人驚恐，也許漢人驚覺文化滅絕危機，此之所以說文解字著作群書並起，史上巔峰，段玉裁蔚為大家。

當我翻閱段玉裁的《說文解字》、《廣韻》、《康熙字典》等，與今天的《國語辭典》方法一樣，以筆劃尋字，當我找不到字，翻閱《彙音寶鑑》，再對照《說文解字》、《廣韻》、《康熙字典》等，內容均無二致，唯一不同的是，《彙音寶鑑》以聲韻尋字，《說文解字》、《廣韻》、《康熙字典》等以筆劃尋字，於是，所有的歷史謎團撥雲見日，那麼，段玉裁是大家，不就!@#$%！

那麼，台灣的大學中文系教授研究的聲韻學，不就!@#$%！

難怪我的聲韻學要重修！今天發現的漢文漢語謎團，證明大學時對聲韻學的!@#$%是正常的！我的迷惑是正確的，教授的學問才是!@#$%！

回想過去，抽絲撥繭，二〇〇〇年至今七年，我才明白乾隆帝在不知不覺中將漢文化碎屍萬段，只有皇帝才有這樣的威力，這是一位多麼心機精巧的皇帝！

想到這裡，我嚇出一身冷汗，帝王的心機有如混沌未開的宇宙洪荒，飄忽幽渺，不知所蹤，我竟然抓到一絲絲的微明，此幸也乎？殃也乎？無言以對蒼天也乎？

台灣的彙音寶鑑保存古風至今，讓蘇菲亞掀開歷史謎團，貢獻厥偉，只可惜，八音反切法未達普羅大眾，蘇菲亞虔心摸索，只得一二，竟然掀開歷史之謎。

期盼政府重視台灣語文的發展，資助彙音寶鑑創作者子孫成立種子教師，恢復漢語尋漢文的古風，此乃復興漢文化的第一步。

（2007/06/29）

萬葉集：

警官十年編台語字典 不同情境不同發音，一應俱全，為了讓每一個都能輕鬆學習以台語讀書講話，嘉義縣警官莊世傳，花了十年的時間編彙一部《漢唐字典》，這部重二點九公斤，厚達一千六百頁的注音版字典，不僅收錄每一個字在不同情境，不同組合時的不同發音，莊世傳還以鋼琴音律來呈現台語特有的轉音。

抱著花費十年時間編彙的《漢唐字典》，嘉義縣民雄分局警官莊世傳滿足的說，只要會國字注音的人，都可以看得懂，不會寫或是不會念的字，這本字典都可以查得到。

從小愛念佛經的莊世傳說，小時候念大悲咒，以及十多年前所念的《般若波羅密多心經》，常發現一些簡單的字，注解讀音卻是相當艱澀，因此才萌生編彙一部可長可久，大家都看得懂的字典。

前前後後花了長達十年時間，時時刻刻莊世傳想到聽到台語，就會立即記下來，慢慢整理，最後終於編彙完成厚達一千六百頁，重達二點九公斤注音版的《漢唐字典》。

這部漢唐字典，是以國字注音方式拼音，但因為不夠用，莊世傳還自創注音符號，像武字台語音「兀」，日字台語音「日」，牛字台語音「牛」等等，並以不同漳州音．泉州音的台灣音為主要語音，收錄每一個字在不同情境．不同組合時候的發音。

另外，為解決台語八音與獨特轉音，莊世傳也利用鋼琴音律，來辨識台語轉音，並並將八音編成天上聖母歌，讓可以從唱歌中輕鬆學習。

雖然這本〈漢唐字典〉實用性高，但實際上問的人多，買的人少，自費印製的一百本，大部份都已經送人。

莊世傳說，他並不在意，重要的是完成自己的理想，為這塊土地留下一本可長可久的工具書。

（2007/08/01）

sofia：

我的帳號又被封了，無法進入這個部落，新開的網站馨華網請我開一個專欄

http://www.xinhuanet.com.tw/，歡迎到這個網站討論。

編纂《漢唐字典》這位警官應該沒有文字學基礎，才需要用音樂，《彙音寶鑑》中聲調，台語有八音，

第一聲：君

第二聲：滾

第三聲：棍

第四聲：骨

第五聲：群

第六聲：滾

第七聲：郡

第八聲：滑

此八字取其聲調。

也可以用獅、虎、豹、鱉、猴、狗、象、鹿，丁、頂、釘、竹、亭、頂、定、特，八字取其聲調。彙音寶鑑的精神完全吻合說文解字以字解字，以音解音的精神。

（2007/08/12）

八十、不速鬼抑是不死鬼？

馬英九long stey之旅又是不穿內褲，又是洗澡遞毛巾，意淫台灣女性，遭謝長廷罵「不死鬼」，藍媒不懂台灣話，誤為不速鬼，正如當年李登輝說齒輪gia，遭媒體亂棒打扁一樣，外省人不懂台灣人的語言，以北京語解讀漢語，誤把馮京當馬涼，強詞奪理，還振振有詞，真是豈有此理！

台灣人常說的「不死鬼」，此詞淵遠流長，翻開辭典老不死有幾個涵義：

(一)、罵老人的話。

儒林外史，第三回：每年尋幾兩銀子，養活你那老不死的老娘和你老婆是正經。

(二)、神話傳說中長生不死的人。

山海經・海外南經：不死民在其東，其為人黑色，壽，不死。一曰在穿匈國東。

(三)、神話傳說中的國家。山海經・大荒南經：有不死之國，阿姓，甘木是食。

(四)、神話傳說中的山名。山海經・海內經：流沙之東，黑水之閒，有山名不死之山。亦稱為「員丘山」。

(五)、神話傳說中，吃了以後可使人長壽不死的樹木。山海經・海外南經・郭璞・注：有員丘山，上有不死樹，食之乃壽。亦稱為甘木。

(六)、神話傳說中可讓人起死回生的草。藝文類聚・卷九十六・鱗介上・龍：神懼，以刃自貫其心而死，禹哀之，瘞以不死草，皆生。

漢・東方朔・海內十洲記：有不死之草，草形如菰，苗長三四尺，人已死三日者，以草覆之，皆當時活也。

(七)、長生不死的藥。《史記・卷二十八・封禪書》：自威、宣、燕昭使人入海求蓬萊、方丈、瀛州。此三神山者，其傅在勃海中，去人不遠；患且至，則船風引而去。蓋嘗有至者，諸僊人及不死之藥皆在焉。

《淮南子・覽冥》：羿請不死之藥於西王母，姮娥竊以奔月，悵然有喪，無以續之。

(八)、責罵老而無德行者的話

語出《論語・憲問》：子曰：幼而不孫弟，長而無述焉，老而不死是為賊。

元、無名氏、盆兒鬼、第三折：常言道：老而不死是為賊。正是你這樣人！

(九)、罵人不成人、不是人：不三不四：周易六十四卦以六爻而成卦，初、二爻乃地位，三、四爻乃人位，五、上爻乃天位，不三不四是罵人不成人、不是人

(十)、不死鬼語出鬼谷子

(十一)、明朝開國皇帝封劉伯溫為「萬年不死鬼」。

由以上歷史典故，不死鬼是亦褒亦貶，打情罵俏的的典雅用詞，類似客家山歌的相褒，謝長廷為何用此語與馬英九相褒？令人!@#$%，百思不得其解！

（2007/11/20）

八一、討客兄抑是討契兄？

前國民黨立委游月霞因罵綠軍立委周雅淑「討契兄」遭到通緝，台灣媒體誤植「討客兄」，此乃台灣常見的錯誤文字。

契兄、契父是漢文化常見的歷史，契兄、契父本是好事，只因寡婦常以契父為媒暗渡陳倉，女孩常以契兄媒介佳偶，違反禮教成為後人笑柄，台灣人謔稱「討契兄」詞藻淵遠流長，典雅細膩，因村夫鄙婦不吝出口，予人粗鄙不堪之印象，文字演變，成因複雜，可見一般。

漢人稱長為兄，滿人入關之後稱長為哥，台灣人融合滿漢，故而有兄哥之語，游月霞是低俗的台灣人，使用典雅的漢文，卻給人粗鄙的印象，實在是很奇怪的文化現象。

游月霞是國民黨籍的台灣人，乘時而起，背時而落，投資大陸失敗、負債累累，辱罵立委又遭緝，游月霞的命運是國民黨籍的台灣人，一個警訊。

這兩天亞歷山大唐雅君無預警休業，唐雅君是外省籍的國民黨人，與游月霞興衰史幾乎一樣，乘時而起，背時而落，投資大陸失敗、遭人詐騙、週轉不靈，唐雅君的命運是外省籍國民黨的台灣人一個警訊。

唐雅君與游月霞代表國民黨籍人物沒落，民間金脈衰竭，黨產遭到凍結，這是非常嚴重的警訊，國民黨還有戲唱嗎？

（2007/12/11）

IPAQ回應：

版主也太能扯了吧！事業經營還能與省籍牽扯，匪夷所思！事業經營純就理性思惟來論，彼兩者之例可探討之空間極廣，但是省籍與黨籍牽脫其中，不面令人對版主之思維有所疑義。

為何游月霞是低俗台灣人？不知版主的依據基準為何？何為低俗何為高尚？另就針對亞力山大唐雅君倒閉一事版主提出下列看法

這兩天亞歷山大唐雅君無預警休業，唐雅君是外省籍的國民黨人，與游月霞興衰史幾乎一樣，乘時而起，背時而落，投資大陸失敗、遭人詐騙、週轉不靈，唐雅君的命運是外省籍國民黨的台灣人一個警訊。

唐雅君與游月霞代表國民黨籍人物沒落，民間金脈衰竭，黨產遭到凍結，這是非常嚴重的警訊，國民黨還有戲唱嗎？

小弟試問版主！相同健康產業之佳姿健身蔡純真老師，蔡老師為台籍並長期為民進黨支持人士，但佳姿叫亞歷山大耕早因經營不善而倒閉，此點不知版主之評斷為何？小弟如果套用版主之邏輯，是否可說蔡純真老師為台籍的親民進黨人士，乘時而起背時而落，熱愛台灣事業失敗，民間金脈衰竭，民進黨袖手旁觀，人情炎涼，這是支持民進黨者嚴重的警訊與下場。

我如果這樣說，唉！那代表我是一個笨蛋！笨蛋！笨笨蛋！

（2007/12/14）

版主回覆：

游月霞是低俗台灣人，這是社會一般的看法，因為游月霞言語粗鄙，學識不佳，只因財大氣粗，嫁入望族成為一方之霸，加上時勢崛起成為民意代表。

你不要以為民意代表了不起，台灣百姓私底下是看不起這些人的，我父親生前就與同窗好友相約，禁止子女參選民代，我的哥哥曾經被國民黨的主委屬意參選縣議員，被我母親駁回。

大部分的民代都是吸血蟲，要不然就是趨炎附勢無品無德之人，無可觀之處。

所謂高尚與否，在於言行舉止是否合乎天道人倫，至於佳芝，因為他沒有名氣，事業也不如亞力山大，又沒有投資大陸，也未遭人欺騙，兩者根本無法相提並論。

蔡純真創業之時，民進黨尚未執政，蔡純真如何乘時而起呢？

民進黨現在是執政黨，蔡純真如何背時而落呢？

民進黨的民間金脈一向充沛，怎會衰竭呢？

閣下完全不了解台灣的社會，你是大陸人吧！

你對經濟完全外行吧！

所以不知道政治與經濟的關係吧！

（2007/12/14）

IPAQ：

哈！我不是阿陸仔！我是吃飯配蛋飯軟軟的宜蘭羅東郎。不好意思！本人正是唸商的（小人不才，有兩張商學碩士文憑，包含管理與經濟相關）沒有人有絕對權力評斷一個人是否低俗，就連世尊也不會這樣說，眾生雖然因緣相異命運乖離，但世尊說眾生平等，也就如基督教中誰都無法對別人丟石頭一樣。

你可以不欣賞游月霞的言語，不欣賞他的品行，但是無權說一個人低俗，現今社會中，學識俱佳、外表高尚者作姦犯科者也彼彼皆是。

至於游月霞小人只有一句話，囂張沒落魄的久，做人不應太秋條（說這些台語應該能證明我不是阿陸ㄚ吧！曾幾何時還要先證明自己是正港台灣人，悲哀阿！反正這一切都是阿陸ㄚㄟ陰謀啦）！

小人本來就對民意代表沒啥好感，我只對我祖父認同，小人先祖是民34年台北廳（今台北縣與宜蘭縣）第一屆參議員，小人對本人先祖極為崇仰，捐輸濟貧在所不惜。

版主對現今民代之評語，余極認同，但是對現今上位者之不合乎天道人倫之舉止則不以為然，真正的台灣人是沒有這種習性。

當一個企業要進行海外投資，其成敗之關鍵萬端，舉凡國家風險，產業競爭優勢、國際行銷策略、財務管理、經營者道德風險等等決定成敗。

赴大陸投資企業有成有敗，赴海外其他國家投資亦復如此，所以企業要進行跨國活動時，有完善的風險評估才能踏出穩健的第一步。

至於亞歷山大投資大陸是否失敗，不知版主何以認定？

從現金流與行銷流的角度看並不算失敗，況且如果失敗，克緹國際怎會願意購買股權，生意人在商言商，殺頭生意有人作陪錢生意沒人要，但亞歷山大為何仍有倒閉情事發生，近因來看是現金流出現問題，資金週轉不靈，但是事出必有因，近因只不過是遠因所造成的果，小人不才，余以為遠因出在經營者的能力不足，縱令唐小姐身為創辦人，但是所有企業經營階屬專業領域，正所謂術業有專攻，理應當由專業經理人管理才不致有今天之下場。

亞歷山大之起伏在台灣一般中小企業中不乏實例，所以……小人想說的是，企業是否能永續經營必須取決於經營者的能力與格局。

至於版主所言與國民黨與黨籍之關係，的確是太離題而泛政治化，這也是小人不以為然之處，（亞歷山大之起也跟國民黨執政時期無關），因為小人可以郭台銘與王永慶為例質疑，至於佳姿與亞歷山大，本就是健康產業中互為對手之關係，只是一姐與二姐之差，佳姿知名度與亞歷山大也不煌多讓，佳姿之敗與亞歷山大如出一轍，現金流週轉問題，舉凡此類會員制預收現金者，良善的財務支出與資金配置規劃甚為重要，這兩者之起，蓋因當時社經環境使然與國民消費能力提升有關，套一個PEST分析，健康產業之起在台灣社會是時也、勢也。

但也因此而倒閉，佳姿之敗象，在其台北一〇一設點一役之中可見，由此可見蔡純真老師之經營能力欠缺，果不其然，旋踵即倒閉。

所以，就如小人先前留言所說「小弟如果套用版主之邏輯，是否可說蔡純真老師為台籍的親民進黨人士，乘時而起背時而落，熱愛台灣事業失敗，民間金脈衰竭，民進黨袖手旁觀，人情炎涼，這是支持民進黨者嚴重的警訊與下場……」這一段話可以聽出不是小人的結論，而是小人的問句，小人自始至終，想表達是事業經營不論省籍、不論黨派、不論政商關係、只要無能、只要無德、只要無心、那麼就算是百年企業如奇異、福特汽車、杜邦也是一定要倒、政商關係，白金政治，國民兩黨執政仍是一樣方興未艾，只是商人輸誠的對象不同了，只是滿臉盈笑的人不同了，但是人民還是一樣的未有改變，朱門的酒肉臭還是一樣的未有改變。

另外版主此文對對客兄與契兄之差別似乎有誤，相關新聞如下　長期誤用　客委會：「討客兄」應改「討契兄」中央社二〇〇六・〇二・一七（中央社記者徐毓莉台北十七日電）閩語「討客兄」常出現在民眾或電視劇對白中，有民眾反應討客兄長期遭誤用，正確用字應為「討契兄」，行政院客家委員會指出，「討客兄」正確用字應為「契」，而「契」兄指契約上合作夥伴，之後才引申為男女不正常關係，已發函新聞局轉知各傳播媒體，將用詞更正為「討契兄」。

客委會日前收到民眾投書，指電視劇或媒體中常錯誤使用「討客兄」一詞，要求政府應禁止媒體錯誤使用「討客兄」。客委會經研究後指出，根據國立編譯館編印的「台灣閩南語辭典」，「討客兄」一詞應為誤用。

客委會主任委員李永得表示，「討客兄」一詞對客家族群有歧視的意味，可能是早期閩、客之間累積形成的刻板印象，為免造成族群間的誤解，因此發函新聞局轉知傳播媒體，在指涉已婚婦女婚外情，運用「討客兄」一詞時，應更正為「討契兄」。

雖然有學者認為，「討客兄」一詞是因為早期客家族群移民以男性為主，他們通常會找閩南族群的女性結婚，由於族群之間的歧視，因此閩女與客家男性交往，被稱為討客兄，「討客兄」有其歷史意涵，沒有必要禁止。

不過研究語音、閩客方言的學者、竹南高中國文教師詹滿福指出，閩語中「客兄」指已婚婦女婚外情的對象（男生），而把已婚婦人外遇的行為稱作「討客兄」，但「客」字其實是誤用、錯用，正字應作「契」，來源為客語「契約」的契，「契兄」原意為「契約上的合夥人」，後來才轉為不正當的男女關係。

詹滿福說，早期經商的客家婦女，稱呼有生意上契約關係的男性伙伴為「契哥」，後來因為常與生意上的「契哥」有不正當的男女關係，所以「契哥」就變成「情夫」的代稱，順便以「契哥」之名隱瞞丈夫，表示純粹只是生意上伙伴，閩語則稱作「討契兄」。

詹滿福指出，客語用「哥」字，閩語則慣用「兄」字，所以客語中的「契哥」傳入閩語中即轉為「契兄」，但多數人不知到來源，不知原本的字為「契」，所以用閩語同音的「客」字來取代。

從讀音方式判斷，詹滿福說，閩語中「契兄」、「客兄」二詞讀音並無差別，所以不易分辨，但客語中「契哥」讀「kie go／」與「客哥」讀「hak／go／」，兩者讀音截然不同，所以「客兄」其實是「契兄」之誤，來源則為客語「契哥」。

（2007/12/19）

版主回覆：

如果一個社會不敢評論一個人是否低俗，表示這個社會充滿了鄉愿的氣息，沒有一點正直的品德。

如果一個人願意正直的評論一位低俗的立法委員，卻遭到百般屈辱，表示這個社會充滿了鄉愿的氣息，沒有一點正直的品德。

基督教義充滿了鄉愿的氣息，如果你欣賞這樣的教義，用這樣的教義教訓別人，我也無話可說，我不欣賞游月霞的言語，也不欣賞她的品行，卻無權說她低俗，為甚麼？

她是立委，是公眾人物，掌管國家公權力，關係到每一位百姓的利害，包括我在內，任何人都有權利監視她，批評她，檢舉她，因為她掌管國家的公權力，她的所作所為都影響國計民生，每一位百姓都有權利評論她，為甚麼我就不行？

現今社會中，學識俱佳、外表高尚者作姦犯科者也比比皆是，所以更應該鼓勵人們勇於評斷是非，檢舉惡人，不是嗎？

為甚麼你卻反其道而行呢？

【反正這一切都是阿陸ㄚㄟ陰謀啦】，這一句話證明你不是紅軍，就是藍軍！

現今上位者哪裡不合乎天道人倫之舉止？請舉例說明，本人魯鈍，實在看不出來現今上位者有哪裡不合乎天道人倫之舉止，敬請指教！

亞歷山大投資大陸是否失敗，的確還需評估，因為新聞一出來就說他無預警休業，大致大條，讓人聯想她必定投資大陸失敗，但是幾天發展下來，資訊愈多，情況愈複雜，遠非當初的判斷，所以亞歷山大事件還需觀察，亞歷山大倒閉，恐怕不單純是資金出問題，應該還有更大的陰謀。

閣下先祖既然擔任台北廳議員，想必是地方望族，既然是地方望族，怎會不了解政治與經濟的關係呢？

我先祖也是地方望族，長期掌管當地，日據時代我祖父經營貨運行，以今天的商業就是交通事業，比如貨物、人員運輸、郵政，這些事業古往今來都是特許行業，沒有當朝者，無法經營此類事業，而這些特許事業都需要高級的人才，與龐大的勞力，形成一個事業集團，如果當朝者倒，經濟體跟著倒，這就是政治與經濟的關係，我家族歷經日本、兩蔣兩朝興衰，嚐遍人情冷暖，閣下想必比我家族幸運的多，所以至今當朝者紅，是嗎？所以不知政治與經濟的關係，是嗎？

「事業經營不論省籍，不論黨派，不論政商關係，只要無能，只要無德，只要無心」這些定律屬於無關政治的下游經濟體，你認為百年企業如奇異、福特汽車、杜邦沒有政治關係嗎？

汽車、鋼鐵是國家重要工業，沒有政商關係，無法經營此類事業，閣下對奇異；福特汽車、杜邦這些企業未免知之甚淺。

至於契兄等於現在的乾哥哥，契父等於現在的乾爹，這些行為古今中外一致，這是人性，我從歷史來說明文字。

（2007/12/19）

客委會牽扯到族群歧視，我覺得很牽強，台灣人根本不喜歡客家人，因為客家人多窮光蛋，家無恆產，目不識丁者多，嫁給客家人很丟臉的，更何況是討客兄呢？

閩客壁壘分明，遑論嫁娶，這種說法不足取！

（2008/03/07）

無恥客回應：

正式版本

http://mag.udn.com/mag/newsstand/storypage.jsp?f_ART_ID=109662

客家捏造版本

http://www.chi-san-chi.com/2culture/db/s_wei/6pile_wind_cloud/24.html

版主回覆：

我一看到聯合報就不必往下看了，少數外省人要統治多數本省人，唯一的方法就是分化多數成為少數，百分之七十五的本省人在百分之十五外省人分化之下，成為紅藍綠雜處的雜牌軍台獨組織，互相傾軋，彼此牽制之下，居然取得政權，天將亡國民黨，夫復何言！

（2008/03/07）

八二、奧步抑是漚步？

陳水扁總統自曝接到恐嚇信，統媒一片譁然，說是「奧步」，此役輸贏誰屬？總統受恐嚇是強勢的弱勢，統媒不以為然，反手撻伐，是弱勢的強勢，以兵法天道人倫而言，統媒輸的一踏糊塗，猶不自知，尚且沾沾自喜。

我每天觀察李濤夫妻的節目，由李氏夫妻的反應觀察藍軍的動態，我不知道馬英九怎麼想的，難道馬英九不知道他會慘死在這對夫妻的手中嗎？

新聞夜總會有一位來賓，黃智賢的反應最為經典，她說：「八年來，台灣人被陳水扁訓練出無限的創意與想像力。」

聽到這些話，口中的土豆差一點噴出來，創意、想像力是引領風騷的首要特質，缺乏創意、想像力的人缺乏魅力，難以持久。

有一句台灣諺語：「未曉生，牽拖茨邊」，「窒歪牽拖尿桶漏」，黃智賢的反應最是經典，唉！可憐的藍軍！缺乏創意、想像力的人不只難以欣賞才華洋溢，充滿創意、想像力的人，還會視為頑石，不堪造就，恣意屈辱，掃地出門。

就像卞和手中的璞玉，幾經屈辱，數十載風霜，才出現一位識玉的賢君。

璞玉難得，賢君難求，亙古不變。

言歸正傳！

「奧步」是常見的錯別字，正確的文字是「漚步」。

「漚」說文解字：「久漬也」从水區聲，楚人曰漚，齊人曰　。

區聲，凡是區字邊都念凹，比如歐洲、茶甌、漚鹹菜、硬毆「硬凹乃錯別字」、謳歌。「以上請用台語發音」

謳歌：

(1)唱歌：

《楚辭・屈原・離騷》：「戚之謳歌兮，齊桓聞以該輔。」

唐・李公佐〈南柯太守傳〉：「生問使者曰：『廣陵郡何時可到？』一使謳歌自若。」

(2)歌詠以頌功德。

《孟子・萬章上》：「謳歌者不謳歌堯之子而謳歌舜。」

《三國演義・第八十七回》：「兩川之民，忻樂太平，夜不閉戶，路不拾遺。又幸連年大熟，老幼鼓腹謳歌。」

台灣人講漚鹹菜，漬卦菜的意思，也有壞的意思，比如漚朥數，等於外省人說的孬種。

由台灣人的語言文字，印證說文解字，形音義一字不差，士大夫嚴守儒家古訓信雅達，謹守前人古風，千年不變，台灣人嫡傳漢文化，由語言文字可見一般。

（2007/12/15）

八三、打算抑是卜算？打拼抑是紡錠？

晚上看電視，剛好看到于美人的節目，國民大會談台灣語文，仔細看了一小時，幾點建議給這位台灣語文先輩。

一、這位：茲位。這個：茲兮，這麼：滋爾。

茲是代名詞，孜是副詞，孜爾常見於唐宋八大家之古文。

滋爾：形容詞，常見於古文之中。

比如糯米，台灣人稱滋米，滋養的米。

咨：動詞：諮詢、諮商。名詞：平行機關往來的公文，今僅總統與立法、監察兩院公文往復時使用，其他平行機關則用函。

中華民國國歌孫文作詞「咨爾多士」，此處咨爾顯然是形容詞，翻成白話：這麼多的文人雅士。

台灣話：滋爾濟士。

由此可知，中華民國國歌「咨爾多士」半文半白，還出現錯別字，可見孫文的古文造詣實在不敢領教。

茲是漢文中常見的虛字，散見於醫冊與佛經之中，台灣語文界往往不知所以，誤為即。

二、偷藏：偷掖。夾在臂下，曰掖。

揜：說文解字，自關而東曰掩，从手从弇，衣檢切，七部，宋廣韻同掩。

從宋朝廣韻以及說文解字可知，「揜」之音為「掩」，掩蓋的「掩」，並非葉啟田的「葉」，「掖」才是葉啟田的「葉」同音。

三、鼓掌：拍博。

四、打算：卜算。

遍查說文解字、彙音寶劍，都查不到「打」這個字，康熙字典「打」為古字兩個大並排，下面再加一一「竝」，同「撻」，仄聲。

打算之打為去聲，由此可見此乃誤用。

卜算二字遠自始古時代，散見經史子集，唐詩、宋詞、傳奇、雜劇之中，宋詞還有卜算子的曲牌令。

台灣人口中的卜算與古意，雖不中亦不遠矣。

既然打算是誤用，「打拼」也是如此。

紡錠：是紡紗機上的主要機件，用來把纖維捻成紗，並把紗繞在筒管上，故稱為「紡錠」。通常用紗錠的數目來表示紗廠規模的大小。所有的字典均無「打」之字，可見打拼乃淺人誤用，後人因循苟且，將錯就錯所致。

五、古音有平、上、去、入、加上陰平、陽平，共有五音。

台語有八音：

第一聲：君

第二聲：滾

第三聲：棍

第四聲：骨

第五聲：群

第六聲：滾

第七聲：郡

第八聲：滑

此八字取其聲調。

也可以用獅、虎、豹、鱉、猴、狗、象、鹿，丁、頂、釘、竹、亭、頂、定、特，八字取其聲調。彙音寶鑑的精神完全吻合說文解字以字解字，以音解音的精神。

台灣語文傳承古文，易學、易講、易懂，循序漸進，台灣的教會羅馬拼音，用1至8表示音調，類似五音譜，對漢人而言，不容易弄清楚，建議這位先輩仿效台灣先輩彙音寶鑑作者沈富進先輩的方法，貼近人心。

（2008/04/10）

八四、較輸、確輸抑是恰似？

每天早上九點收看八大電視台灣的歌，無意中看到黃乙玲唱改編自李後主虞美人的流行歌：

春花秋月何時了，往事知多少？

小樓昨夜又東風，故國不堪回首月明中。

雕欄玉砌應猶在，只是朱顏改。

問君能有幾多愁，恰似一江春水向東流。

仔細聽了幾回，發現有兩個音錯誤：

(一)、小樓，黃乙玲唱成「流」，應該是樓房的樓，凡是婁字邊都唸婁。

(二)、玉砌，黃乙玲唱成「七」，應該是切菜的切，凡是切字邊都唸切。

漢文、漢語非常嚴謹、有系統，沒有例外，不像白話文，常有許多別音，這是官方文字與民間口語的差別。

白話文運動一百年，扭轉過去二千年嚴謹的語文習慣，過去民間口語的白話文成為一百年來的語文新貴，許多語文亂象成為當今顯貴，過去幾千來嚴謹顯貴的漢文反倒成了粗鄙的語文，真是奇怪的現象。

國民黨將白話文帶入台灣，白話文亂象深深影響台灣的漢文，當今許多台灣人說著錯誤的漢語而不自知，寫著錯誤的漢文而不自覺。

聽到黃乙玲唱虞美人詞，我才警覺過去與姚藤揚漢醫爭辯「較輸」、「確輸」，完全錯誤，實在可笑，正確的文字應該是「恰似」。

似與輸音近，輸贏又相反，無知的白丁不知語文原由，因此發展出風馬牛不相及的詞句，由「恰似」變成「較贏」，輾轉傳至後代，文字因此沒落、扭曲、變化。

台灣人努力尋找沒落的漢文不過近代一二十年，錯誤所在多有，黃乙玲這項創舉值得讚許，寄望台灣的樂壇結合語文界，闡揚宋詞、元曲古風，從詩詞，樂曲之中，必定尋得正確的語文，語文是民族的靈魂，復興漢文化從語文做起，大家一起努力吧！

（2008/04/26）

八五、教育部編纂《臺灣閩南語常用三百詞》有感1

教育部將於六月份推出《臺灣閩南語常用三百詞》用字，各大媒體無不大力抨擊，不管統媒抨擊理由如何，執政黨重視台灣的語言文字總是值得嘉許。

闢路籃縷，想當然耳滿地荊棘，《臺灣閩南語常用三百詞》用字，必定錯誤連篇，從網路抓下來就發現許多錯誤，如下：

㈠、尪仔：正確應為俑兒。

㈡、盹龜：正確應為啄龜。

㈢、站節：正確應為斟酌。

(四)、姑不而將：孤不離眾。

(五)、有影無：：正確應為有也否。

(六)、無通：不當。

(七)、晏與（晚）意思一樣，但是用法與發音各異，晏發音安，晚發音免，這是形聲字，台灣人誤用為暝。

(八)、「（因）」：正確應為伊，在詩經伊可為單數，可為複數，一直到今天，台灣人口中的伊也是可為單數，可為複數，只不過單數發音「一」，複數發音「ㄣ」，發音不同意思不同，這是古人節約用字的原則，台灣人保存古風至今，一點也沒變。

(九)、跤：發音交，並非ㄎㄚ，而（腳）在史記中發音「卻」，從文字結構就可以看出文字的發音，這是形聲字的特點，真正的ㄎㄚ是胯。

(十)、吼：發音孔，與ㄎㄠ並不一樣，所以吼並不是（哭）。

(十一)、一个：這是客語，正確的漢文是届。

(十二)、一擺：：這是日語，正確的漢文是屆。个、擺與屆發音類似，台灣人在日據時代受日本皇民化的殖民政策，許多日語留在台灣人的日常生活之中，一擺就是最好的例子。

過去漢文常見屆時，日本學唐朝的漢語，一千五百年之後反過來影響台灣，臺灣人無知，以為台灣人的語文有音無字，奉日本文字和北京文為貴冑，實際相反，台灣的漢文才是五千年的正朔傳人。

教育部初次出版《臺灣閩南語常用三百詞》用字，必定引起各界討論，不管如何，總是起步，值得喝采，大家一起努力吧！讓失落五百年的漢文與漢語結合起來，復興失落五百年的漢文化，才是身為漢人子孫應盡的責任。

附：

1、半暝抑是半晚？（請參考本書第六七篇）

2、毋通抑是不當？好腳數抑是漚尻數？（請參考本書第廿二篇）

3、盹龜、盹睡抑是啄龜？（請參考本書第四十篇）

（2007/05/31）

八五之二、教育部編纂《臺灣閩南語常用三百詞》有感2

五月底，媒體大肆抨擊教育部推出閩南語300常用詞，教育部的網站打不開，直到今天打開網站，果不其然，錯誤連篇，茲糾正如下：

002 仔：音á，國語注音ㄝ，仔是廣東字，國語注音ㄗㄞˇ，廣東話也是ㄗㄞˇ，為什麼台灣話變成ㄝ。

正確的漢文是「兒」，之乎也者是古文中的虛字、兒是北京語的虛字，受白話文影響，名詞後面加「兒」，成為台灣人口中常見的用詞。

漢文語言與文字失落四百年，導致語文脫勾，今天的台灣語文先輩，不究所以，引用廣東字「仔」之意，變更「仔」之音，完全不合漢字形音義的原則，這是不對的。

心肝仔囝，正確是心肝兒子。

囝是廣東字，並非漢字，古文中並無囝，可見這是方言用詞。

從文字結構，口中有女，口同圍，四周圈圍，女圈圍其中，怎麼變成幼童？以漢字形音義的原則，完全無法解釋，這是不對的。

003 壓霸：正確的文字是「惡霸」，壓是以音找字，並不合漢字形音義的原則，無法解釋壓的字義，這是不對的。

007 尪仔：玩偶、人像，正確的文字是「俑兒」、布袋戲俑、俑兒標，俑兒，兵馬俑。

008 按呢：án-ne，這樣，正確的文字是「焉爾」，此二字常見於論語。

018 風微微兮吹、微微兒笑。

020 明仔載：bîn-á-tsài miâ-á-tsài、bînnà-正確的文字是「明兒哉」。

031 會：正確的文字是「兮」，兮使、兮曉。

038 阮兜：正確的文字是「吾都」。

040 合軀：正確的文字是「合身」。身、軀發音並不同，有人說合身，並無人說合軀。

059 彼間厝：正確的文字是彼間茨。說文解字有茨無厝，茨，从艸，次聲。厝，从广，昔聲，兩字相比，當然是茨合乎台灣人的語言。

071 伊佮我：正確的文字是「伊偕我」。

088 佮：國語注音ㄍㄜˊ，說文解字：合也，从人合聲，兩片合起來唸佮，台灣人發音ㄍㄜ ㄞ kah kap，這個字很難發音，胡人發不出來，於是取前半部的ㄍㄜˊ。
佮並無與、附帶、我佮你、佮兩支蔥兒等之意，而是兩兮合起來稱為佮。
我佮你是男女交合之意，佮兩支蔥兒是夾兩支蔥，與台灣人我偕你、偕兩支蔥意思相差很遠。

089 佮意：正確的文字是「嘉意」。

098 較濟：正確的文字是「恰濟」。

099 較停（仔）：正確的文字是「恰停兒」。
較停咧：恰停兒。確停仔著知：恰停兒就知。

126 規kui規、整個，規家伙仔：正確的文字是「舉家夥兒」。

127 幾若：正確的文字是「幾落」。

135 佇咧：正確的文字是「當之兮」。

137 掠liah：正確的文字是「抓魚」、掠：从扌，京聲，京與台灣人發音爪差很遠。

150 嘛mā：正確的文字是「也」。我嘛知：我也知。

155 拈ni：正確的文字是「捻」，捻：从手，念聲，拈：从手，占聲，念與占當然是念接近台灣人的語音。

偷拈：偷捻。

桌頂拈柑：桌頂捻柑。

157 呵咾：o-ló 正確的文字是「阿諛」。

193 啥：siánn sán正確的文字是「孰」。

麼：孰爾。

啥啥貨：孰孰爾。

啥人：孰人。孰可忍孰不可忍之孰。

208 煞suah：結束：正確的文字是「遂」。

竟然煞戲：竟然遂戲，遂遂去（算了吧）

214 代誌tāi-tsì：大致、大誌。

216 淡薄（仔）：正確的文字是「淡薄兒」。

一點點　淡薄：正確的文字是一點點兒飲淡薄。

220 兜tau：正確的文字是「都」，跤兜：正確的文字是下都。

221 鬥tàu：正確的文字是「湊」。

鬥做伙：湊做伙。

鬥陣：湊陣。

鬥跤手：湊下手。

226 可以通光：正確的文字是「兮使通光」。

不通：正確的文字是不當。

235 佇tī tīr：正確的文字是「之」。

佇遮：值茲。

有佇咧：有之也。

251 查某：正確的文字是「諸某」，老子道德篇稱男子曰眾甫，可見諸甫、諸某用詞極為久遠。

254 知影：正確的文字是「知也」。

260 灶跤：正確的文字是「灶下」。

261 這：正確的文字是「茲」。

291 這tsit：茲。

這陣：茲時瞬之縮辭。

292 一寡（仔）：一許兒（一小許之縮辭）

sofia（2007/06/05）

附文：

1、常見的漢文錯別字（請參考本書第十五篇）

2、呵咾抑是阿諛？（請參考本書第六五篇）

3、稍誇抑是稍許？（請參考本書第九一篇）

八五之三、教育部卡拉ok正字表有感

教育部公佈台灣地區卡拉ok正字表，大致看一下，不禁搖頭嘆息，本人嘔心泣血研究台灣的語文，呼籲當局端正台灣漢文，教育部置若罔聞，不僅成效不彰，甚至錯誤連篇，雖然如此，蘇菲亞願意本諸良知良能，耐心呼籲台灣各界先賢，端正台灣漢文。

(一)、

曲名：真心換絕情、彼呢阿冷
教育部建議：遐爾仔冷、仔a
蘇菲亞建議：兮爾兒冷、兮

(二)、

曲名：鑼聲若響、日黃昏、愛人啊要落船
教育部建議：日黃昏、愛人仔欲落船、仔a
蘇菲亞建議：日黃昏、愛人兒要落船、兮
欲入聲，从欠谷聲，余蜀切，三部。與養育的育同音，與要發音相差極大。
要：小篆「[illegible]」上象人首，下象人足，中象人腰，而自臼持之，故从臼。
人多護惜其腰故也，於消切，二部。漢語、北京語同音。
台語、要、買同音，類似予、乎同音，都是字型相近，淺人誤用之故。

(三)、曲名：天頂的月娘、這世人要用青春拿來賠

教育部建議：這世人愛用青春提來賠、愛ai

蘇菲亞建議：茲世人要用青春提來賠、愛ai

(四)、

曲名：愛拚才會贏、好運、歹運、總嘛要照起工來行

教育部建議：好運、歹運總嘛愛照起工來行

蘇菲亞建議：好運、歹運總也要照起工來行

(五)、

曲名：愛拚才會贏、渥甲淡糊糊

教育部建議：沃甲澹糊糊

蘇菲亞建議：沃到澹糊糊

(六)、

曲名：望春風、想要郎君做尪婿

教育部建議：想欲郎君做翁婿、翁ang

蘇菲亞建議：想要郎君做翁婿

(七)、

曲名：六月茉莉、日時卜挽有人顧

教育部建議：日時欲挽有人顧、挽ban

蘇菲亞建議：日時要挽有人顧、挽ban

(八)、

曲名：無字的情批、阿嬷不識字

教育部建議：阿媽毋捌字、捌bat

蘇菲亞建議：阿媽不別字、別bat

(九)、

曲名：走味的咖啡、已經是真久不曾想著的過去

教育部建議：已經是真久毋捌想著的過去

蘇菲亞建議：已經是真久不別想著兮過去

（十）、

曲名：心事啥人知、有時陣想要訴出滿腹的悲哀

教育部建議：有時陣想欲訴出滿腹的悲哀、欲beh

蘇菲亞建議：有時瞬想要訴出滿腹兮悲哀、要beh

（十一）、

曲名：快樂鳥日子、雄雄不知麥講啥話

教育部建議：雄雄毋知欲講啥話

蘇菲亞建議：狠狠不知要講孰話

（十二）、

曲名：望春風、想要問伊驚呆勢

教育部建議：想欲問伊驚歹勢

蘇菲亞建議：想要問伊驚歹勢

(十三)、

曲名：舊情綿綿、一言說出就要放乎忘記哩

教育部建議：一言說出就欲放予（伊）袂記得

蘇菲亞建議：一言說出就要放乎未記得

(十四)、

曲名：碎心戀、事到如今要怎樣

教育部建議：事到如今欲怎樣

蘇菲亞建議：事到如今要怎樣

(十五)、

曲名：愛情限時批、要安怎對你說出心內話

教育部建議：欲按怎對你講出心內話

蘇菲亞建議：要焉怎對你講出心內話

(十六)、

曲名：苦海女神龍、要走千里路途
教育部建議：欲走千里路途
蘇菲亞建議：要走千里路途

(十七)、

曲名：針線情、阮是賣安怎
教育部建議：阮是欲按怎
蘇菲亞建議：我是要焉怎

(十八)、

曲名：向前行、欲下車的旅客請趕緊下車
教育部建議：欲落車的旅客請趕緊落車
蘇菲亞建議：要落車兮旅客請趕緊落車

(十九)、

曲名：心事啥人知、心事那沒講出來

教育部建議：心事若無講出來、無bo

蘇菲亞建議：心事若不講出來、不bo

無發音舞，凡無、舞、憮、儛都發音舞，不、否發音bo，凡不都發音bo。

(二十)、

曲名：快樂鳥日子、憑你我ㄟ交情

教育部建議：憑你我的交情、的e

蘇菲亞建議：憑你我兮交情、兮e

(二一)、

曲名：愛情限時批、說我每日恰想嘛妳一個

教育部建議：講我每日較想嘛你一

蘇菲亞建議：講我每日恰想也是爾一兮

(二二)、

曲名：媽媽請你也保重、雖然是孤單一個

教育部建議：雖然是孤單一．

蘇菲亞建議：雖然是孤單一兮

(二三)、

曲名：海海人生、這人情怎樣才看ㄟ破

教育部建議：這人情怎樣才看會破

蘇菲亞建議：茲人情怎樣茲看兮破

(二四)、

曲名：安平追想曲、海風無情笑阮憨

教育部建議：海風無情笑阮戇、戇g.ng

蘇菲亞建議：海風無情笑阮愿、愿g.ng

(二五)、

曲名：憨子向前行、不知有住多少像我這種的

教育部建議：毋知有蹛偌濟像我這種的戇囝

蘇菲亞建議：不知有滯若濟像我茲種兮

(二六)、

曲名：車站、阮的心頭漸漸重

教育部建議：阮的心頭漸漸重、阮gun

蘇菲亞建議：我兮心頭漸漸重、我gun

「我」是漢文，阮是客語，閩南的漢人來到台灣之後受到客語影響，致使「阮」代替「我」。

(二七)、

曲名：鼓聲若響、阮的心情較快活

教育部建議：阮的心情較快活

蘇菲亞建議：我兮心情恰快活

(二八)、

曲名：無字的情批、不甘心付出為伊哮歸暝
教育部建議：毋甘心付出、為伊吼規暝、吼hau
蘇菲亞建議：不甘心付出、為伊哮舉晚、哮hau

(二九)、

曲名：鼓聲若響、阮在那外頭真正打拚
教育部建議：阮佇彼外頭真正拍拚、彼he
蘇菲亞建議：我之兮外頭真正紡錠、兮he

(三十)、

曲名：向前行、聽人講啥物好空的攏在那
教育部建議：聽人講啥物好空的攏佇遐、遐hia
蘇菲亞建議：聽人講孰爾好空兮攏之遐、兮hia

（三一）、

曲名：酒後的心聲、狠狠一嘴飲乎乾

教育部建議：雄雄一喙予（伊）焦、雄雄hiong-hiong

蘇菲亞建議：狠狠一嘴飲乎乾

雄、狠漢語音近，但是狠狠比較接近漢文形音義的原則，嘴、从口此聲，凡此發音此，嘴、此，音近。乾有數音，朝、乾同部首，發音亦同。

予、乎，字相近，乃淺人誤用，致使後人將錯就錯。

（三二）、

曲名：快樂鳥日子、雄雄不知麥講啥話

教育部建議：雄雄毋知欲講啥話

蘇菲亞建議：狠狠不知要講孰話

（三三）、

曲名：惜別的海岸、彼段永遠難忘的戀情

教育部建議：彼段永遠難忘的戀情、彼hit

蘇菲亞建議：惜別兮海岸、彼段永遠難忘兮戀情、彼hit

㈢㈣、

曲名：家後、阮的一生獻乎恁兜

教育部建議：阮的一生獻予恁兜、予h.o

蘇菲亞建議：我兮一生獻予爾都、予h.o

㈢㈤、

曲名：雨夜花、乎阮前途失光明

教育部建議：予阮前途失光明

蘇菲亞建議：予我前途失光明

㈢㈥、

曲名：真心換絕情、交給你的心

教育部建議：交予你的心

蘇菲亞建議：交予爾兮心

（三七）、

曲名：天頂的月娘、不倘讓我孤單

教育部建議：毋通予我孤單

蘇菲亞建議：不當予我孤單

（三八）、

曲名：鼓聲若響、抹讓你親戚頭前嚥氣

教育部建議：袂予你親情頭前厭氣

蘇菲亞建議：未予爾親情頭前厭氣

袂：盛服也。古文袂指盛裝。形容詞。

教育部所用袂為動詞，與古文辭意相差甚遠，教育部學者學識如此專精，真是驚人！

（三九）、

曲名：安平追想曲、給阮母親仔做為記

教育部建議：予阮母親仔做為記

蘇菲亞建議：予我母親兒做遺記

(四十)、

曲名：相思雨、阮只有點著煙

教育部建議：阮只有點著薰、薰hun

蘇菲亞建議：我只有點著薰、薰hun

(四一)、

曲名：天頂的月娘、望他會知影啊

教育部建議：望伊會知影啊

蘇菲亞建議：望伊會知也

(四二)、

曲名：墓仔埔也敢去、表面上他革甲真生氣唷

教育部建議：表面上伊激甲真受氣唷

蘇菲亞建議：表面上伊激到真受氣乎

(四三)、

曲名：酒後的心聲、還是無較詛
教育部建議：猶是無較縒
蘇菲亞建議：猶是無恰則
恰則：剛剛、恰好。
宋詞，張孝祥、菩薩蠻、恰則春來春又去，憑誰說與春教住。

(四四)、

曲名：真心換絕情、你甘還會記
教育部建議：你敢猶會記
蘇菲亞建議：爾曷猶兮記

(四五)、

曲名：鼓聲若響、阿爸你甘也有在聽
教育部建議：阿爸你敢猶有咧聽
蘇菲亞建議：阿爸、爾曷猶有之聽

(四六)、

曲名：四季紅、敢猶有別項

教育部建議：敢猶有別項

蘇菲亞建議：曷猶有別項

(四七)、

曲名：家後、我會甲你牽條條

教育部建議：我會共你牽牢牢

蘇菲亞建議：我會偕爾牽著著

(四八)、

曲名：阿媽的話、透早若是甲伊叫起來

教育部建議：透早若是共伊叫起來

蘇菲亞建議：透早若是教伊叫起來

(四九)、

曲名：向前行、把自己當作是男主角來扮

教育部建議：共家己當做是男主角來扮

蘇菲亞建議：教家己當做是男主角來播

(五十)、

曲名：向前行、再會我的故鄉和親戚

教育部建議：再會我的故鄉佮親情

蘇菲亞建議：再會我兮故鄉佮親情

(五一)、

曲名：向前行、不管如何路是自己走

教育部建議：已經是真久毋捌想著的過去

蘇菲亞建議：不管如何路是自己行

(五二)、

曲名：海波浪、沉重的腳步

教育部建議：沉重的跤步、跤kha

蘇菲亞建議：沉重兮胯步、胯kha

說文解字、跤kha：从足、交聲。

說文解字、胯kha：从肉、夸聲。

胯比較合乎形音義的漢文造字原則。

(五三)、

曲名：家後、有啥人比你卡重要

教育部建議：有啥人比你較重要、較khah

蘇菲亞建議：有孰人比爾恰重要、恰khah

(五四)、

曲名：愛情限時批、恰想嘛歹勢

教育部建議：恰想嘛歹勢

蘇菲亞建議：恰想也歹勢
說文解字、較：从車、交聲。
說文解字、恰：从心、合聲。
恰比較合乎形音義的漢文造字原則。

(五五)、
曲名：六月茉莉、一欉較美搬落壺
教育部建議：一欉較美搬落壺
蘇菲亞建議：一欉恰美搬落壺

(五六)、
曲名：傷心酒店、鬱卒放心內
教育部建議：鬱卒囥心內、囥kh.g
蘇菲亞建議：鬱積放心內

(五七)、

曲名：真心換絕情、你放置叨位

教育部建議：你园佇佗位

蘇菲亞建議：爾放之它位

(五八)、

曲名：苦海女神龍、已經是真久不曾想著的過去

教育部建議：我毋是小娘囝

蘇菲亞建議：我不是小娘子

黃俊雄布袋戲文是標準的漢文，不需要替他另創文字，教育部學者學識如此專精，真是驚人！

(五九)、行kiann

曲名：牽阮的手、牽你的手走咱的路

教育部建議：牽你的手行咱的路

蘇菲亞建議：牽爾兮手行咱兮路

(六十)、

曲名：走味的咖啡、擱一杯想你歸暝的目屎我敬你
教育部建議：閣一杯、想你規暝的目屎我敬你
蘇菲亞建議：擱一杯、想你舉晚兮目屎、我敬你

(六一)、

曲名：阿媽的話、腳屐又擱拖塊腳蹟後
教育部建議：柴屐又閣拖咧尻脊後
蘇菲亞建議：柴踦又擱拖之胯跡後

(六二)、

曲名：藝界人生、樂隊聲又擱響起
教育部建議：樂隊聲又閣響起、閣koh
蘇菲亞建議：樂隊聲又擱響起

擱：停留、擱置，耽擱，比較合乎形音義的漢文造字原則。

（六三）、講kong

曲名：愛情限時批、看到你我就完全未說話

教育部建議：看著你我就完全袂講話

蘇菲亞建議：看著你我就完全未講話

（六四）、古錐koo-tsui

曲名：六月茉莉、郎君生做真古錐

教育部建議：郎君生做真古錐

蘇菲亞建議：郎君生做真可姿

可姿、可人姿態。

（六五）、

曲名：愛情限時批、心情親像春天的風在吹

教育部建議：心情親像春天的風咧吹、咧leh

蘇菲亞建議：心情親像春天兮風之兮吹、之leh

（六六）、

曲名：海波浪、我夜夜在等待

教育部建議：我夜夜咧等待

蘇菲亞建議：我夜夜之兮等待

（六七）、

曲名：傷心酒店、苦苦塊等待

教育部建議：苦苦咧等待

蘇菲亞建議：苦苦之兮等待

（六八）、

曲名：真心換絕情、你愛彼個人置塊等你

教育部建議：你愛彼人佇咧等你

蘇菲亞建議：你愛彼兮人之兮等你

（六九）、

曲名：淡水暮色、男女老幼塊等待

教育部建議：男女老幼咧等待

蘇菲亞建議：男女老幼之兮等待

（七十）、

曲名：四季紅、雙人坐船咧遊江

教育部建議：雙人坐船咧遊江

蘇菲亞建議：雙人坐船之兮遊江

（七一）、

曲名：四季紅、有話想欲對汝講

教育部建議：有話想欲對你講

蘇菲亞建議：有話想要對爾講

(七二)、

曲名：思慕的人、引我對著汝
教育部建議：引我對著你
蘇菲亞建議：引我對著爾

(七三)、

曲名：望春風、被風騙不知
教育部建議：予風騙毋知
蘇菲亞建議：予風騙不知

(七四)、

曲名：港都夜雨、青春男兒不知自己
教育部建議：青春男兒毋知自己
蘇菲亞建議：青春男兒不知自己

(七五)、

曲名：雙人枕頭、我嘛不驚
教育部建議：我嘛毋驚
蘇菲亞建議：我也不驚

(七六)、

曲名：藝界人生、不願別人來看見
教育部建議：毋願別人來看見
蘇菲亞建議：不願別人來看見

(七七)、

曲名：舞女、不管伊是誰人
教育部建議：毋管伊是啥人
蘇菲亞建議：不管伊是孰人

（七八）、

曲名：海海人生、不通太陰沈

教育部建議：毋通太陰鴆

蘇菲亞建議：不當稍陰沈

從未見過「陰鴆」之遣辭用字！

（七九）、

曲名：鼓聲若響、不要當做阮風度輕浮

教育部建議：毋通當做阮風度輕浮

蘇菲亞建議：不當當做我風度輕浮

（八十）、

曲名：媽請你也保重、請保重嘸通傷風媽

教育部建議：請保重毋通傷風

蘇菲亞建議：請保重不當傷風

(八一)、

曲名：愛拚才會贏、一時失志不免怨嘆

教育部建議：一時失志毋免怨嘆

蘇菲亞建議：一時失志不免怨嘆

(八二)、

曲名：雪中紅、既然已分開不通擱講起

教育部建議：既然已分開毋通閣講起

蘇菲亞建議：既然已分開不當擱講起

(八三)、

曲名：舊情也綿綿、毋知你置佗位

教育部建議：毋知你佇佗位

蘇菲亞建議：不知你之它位

（八四）、

曲名：家後、怨天怨地嘛袂曉

教育部建議：怨天怨地嘛袂曉

蘇菲亞建議：怨天怨地也未曉

（八五）、

曲名：茫茫到深更、想看覓愛我有啥意義

教育部建議：想看覓愛我有啥意義

蘇菲亞建議：想看覓愛我有孰意義

（八六）、

曲名：望春風、開門甲看覓

教育部建議：開門共（伊）看覓

蘇菲亞建議：開門教（伊）看覓

（八七）、暝me

曲名：港都夜雨、港都夜雨寂寞眠
教育部建議：港都夜雨寂寞暝
蘇菲亞建議：港都夜雨寂寞晚

（八八）、

曲名：舊情綿綿、舊情綿綿暝日恰想也是你
教育部建議：舊情綿綿暝日較想也是你、暝日me-ji.t
蘇菲亞建議：舊情綿綿、晚日恰想也是你
晚日：早晚。

（八九）、

曲名：向前行、親愛的父母再會吧
教育部建議：親愛的爸母再會吧
蘇菲亞建議：親愛兮父母再會罷
從未見過「爸母」之遣辭用字！

(九十)、

曲名：拍開心內的門窗、阮若打開心內的門阮若

教育部建議：阮若拍開心內的門

蘇菲亞建議：我若紡開心內兮門

(九一)、

曲名：無字的情批、鎖匙打開有雨水

教育部建議：鎖匙拍開有雨水

蘇菲亞建議：鎖匙紡開有雨水

(九二)、歹phainn

曲名：望春風、想要問伊驚呆勢

教育部建議：想欲問伊驚歹勢

蘇菲亞建議：想要問伊驚歹勢

(九三)、鼻ph.nn

曲名：快樂鳥日子、好康歹康加減也著來聞香
教育部建議：好空歹空加減也著來鼻芳
蘇菲亞建議：好空歹空加減也得來鼻芳

(九四)、

曲名：雨夜花、有誰人通看顧
教育部建議：有啥人通看顧、啥siann
蘇菲亞建議：有孰人當看顧

(九五)、

曲名：雙人枕頭、誰人會凍代替你的形影
教育部建議：啥人會當代替你的形影
蘇菲亞建議：孰人兮當代替爾兮形影

（九六）、心sim

曲名：藝界人生、做藝人辛酸的滋味
教育部建議：做藝人心酸的滋味
蘇菲亞建議：做藝人心酸兮滋味

（九七）、新婦sin-p.、

曲名：家後、有媳婦子兒友孝
教育部建議：有新婦囝兒有孝
蘇菲亞建議：有新婦子兒友孝
從未見過「囝兒」、「有孝」之遣辭用字！

（九八）、

曲名：阿媽的話、做人的媳婦著知道理
教育部建議：做人的新婦著知道理
蘇菲亞建議：做人兮新婦得知道理

（九九）、相借問sio-tsioh-mn.g

曲名：苦海女神龍、無一個相借問

教育部建議：無一相借問

蘇菲亞建議：無一兮相借問

（一〇〇）、煞suah

曲名：茫茫到深更、腳步煞愈踏愈緊

教育部建議：跤步煞愈踏愈緊

蘇菲亞建議：胯步遂愈踏愈緊

煞形容詞、遂、副詞，不該如此混亂語辭！

（一〇一）、

曲名：無字的情批、伊識真多的代誌

教育部建議：伊捌真濟的代誌、代誌t.i-tsi

蘇菲亞建議：伊別真濟兮大致、大致t.i-tsi

（一〇二）、鬥tau

曲名：補破網、針線來鬥幫忙

教育部建議：針線來鬥相共

蘇菲亞建議：針線來湊幫忙

（一〇三）、頓t.g

曲名：鼓聲若響、三餐得要吃

教育部建議：三頓著愛食

蘇菲亞建議：三餐得要食

（一〇四）、趁than

曲名：鑼聲若響、有話要講趁這袸

教育部建議：有話欲講趁這陣

蘇菲亞建議：有話要講趁茲瞬

（一〇五）、箸t.

曲名：阿媽的話、踏入灶腳洗碗箸

教育部建議：踏入灶跤洗碗箸

蘇菲亞建議：踏入灶下洗碗箸

（一〇六）、

曲名：茫茫到深更、醒來看無在身邊

教育部建議：醒來看無佇身邊

蘇菲亞建議：醒來看無之身邊

（一〇七）、佇咧t.-leh

曲名：舊情也綿綿、有聽別人治列講起

教育部建議：有聽別人佇咧講起

蘇菲亞建議：有聽別人之兮講起

（一〇八）、頂ting

曲名：天頂的月娘、是不是上世人
教育部建議：是毋是頂世人
蘇菲亞建議：是不是頂世人

（一〇九）、著tio.h

曲名：愛情限時批、看到你我就完全未說話
教育部建議：看著你我就完全袂講話
蘇菲亞建議：看著你我就完全未講話

（一一〇）、

曲名：走味的咖啡、無論外呢酸苦也得繼續斟乎滿
教育部建議：無論偌仔爾酸苦也著繼續斟予滇
蘇菲亞建議：無論偌爾兮酸苦、也得繼續斟乎填

（一一）、

曲名：鼓聲若響、聽到阮用心唱的歌聲

教育部建議：聽著阮用心唱的歌聲

蘇菲亞建議：聽著我用心唱兮歌聲

（一二）、

曲名：針線情、針針也要線

教育部建議：針針也著線

蘇菲亞建議：針針也得線

（一三）、

曲名：惜別的海岸、為了環境不能來完成

教育部建議：為著環境袂當來完成

蘇菲亞建議：惜別兮海岸、為著環境未當來完成

(一一四)、知tsai

曲名：四季紅、毋知通抑毋通
教育部建議：毋知通抑毋通
蘇菲亞建議：不知當抑不當

(一一五)、走tsau

曲名：鼓聲若響、阮是跑江湖的藝人
教育部建議：阮是走江湖的藝人
蘇菲亞建議：我是走江湖兮藝人

(一一六)、喙tshui

曲名：碎心戀、忍著痛苦含嘴唇
教育部建議：忍著痛苦含喙脣
蘇菲亞建議：忍著痛苦含嘴唇
從未見過「喙脣」之遣辭用字。

（一一七）、

曲名：鑼聲若響、吐出大悸恨別嘴開開
教育部建議：吐出大氣恨別喙開開
蘇菲亞建議：吐出大氣恨別嘴開開

（一一八）、

曲名：四季紅、喙唇胭脂朱朱紅
教育部建議：喙脣胭脂朱朱紅
蘇菲亞建議：嘴唇胭脂朱朱紅
從未見過「喙脣」之遣辭用字。

（一一九）、食tsia.h家後

曲名：家後、吃好吃醜無計較
教育部建議：食好食「䆀」無計較
蘇菲亞建議：食好食歹不計較

（一二〇）、

曲名：鼓聲若響、三餐得要吃
教育部建議：三頓著愛食
蘇菲亞建議：三餐得要食
未見過「著愛食」之遣辭用字。

（一二一）、

曲名：快樂鳥日子、我祝你食甲兩仟三佰五六十歲
教育部建議：我祝你食甲兩仟三佰五六十歲
蘇菲亞建議：我祝你食到兩仟三佰五六十歲

（一二二）、照起工tsiau-khi-kang

曲名：愛拚才會贏、好運歹運、總嘛要照起工來行
教育部建議：好運歹運總嘛愛照起工來行
蘇菲亞建議：愛拚茲兮贏、好運歹運、總也要照起工來行

（一二三）、陣ts.n

曲名：家後、聽你講少年的時陣
教育部建議：聽你講少年的時陣
蘇菲亞建議：聽你講少年兮時瞬
瞬：極短暫的時間。
陣，並無時間的意思。

（一二四）、倚ua

曲名：針線情、針線永遠連相偎
教育部建議：針線永遠連相倚
蘇菲亞建議：針線永遠粘相偎
sofia（2008/05/02）

八五之四：常見的台語歌詞匡正表

筆畫	國語	漢文〈台語〉
1	一點	稍許
	一天	一工
	一寡	一許
	一行字	一遭字
	一卡手只	一箍手扂（柔石）
	一腳破皮箱	一筐破皮箱
	一套衫甲意	一緦衫嘉意
2	七逃	蹉跎
3	也是	抑是
	還是	抑是
	才會乎你	茲兮予爾
	才知	茲知
	大小	大細
	大家	逐家

	大庫呆	大箍呆
	三餐	三頓
	歸山拼	舉山屏
4	下午	下晡
	毋通	不當
	今暝	今晚
	介出名	界出名（上界省略上，上界乃神居之處）
	不知影	不知也
	不曾	不別
	太多	稍濟
	不識	不別
	心晟	心誠
5	打拼	紡錠
	打損	紡縛
	古椎	可姿
	乎人	予人
	什麼	孰爾
	央望	仰望

	只有	盍爾
	目一下睨	目一下眯（米乃爾之草書，民國之後草書成為簡體字楷書化變成米，北京語眯眼，就是漢語眨眼）
	愛甲真利害	愛到真利害
	甲撒嬌	教使奈
	變甲	變到
	甲伊	偕伊、教伊
	甲意	嘉意
	牛郎甲織女	牛郎偕織女
	甲治	家己
	卡薄倖	恰薄倖
	麥擱卡	莫擱敲
	卡圓	恰圓
	甘是	曷是
	手巾仔	手巾兒
	生氣	受氣
	代誌	大致
	彼平故鄉	彼爿故鄉

6	囝仔尚好命	嬰兒上好命
	好額	豪額
	地方	所在
	仰頭	瞻頭
	囝	子
	老闆	頭家
	托窗	脫窗
	回頭	越頭
	多少	若濟
	他會	伊兮
	他的	伊兮
	擱印無聲	擱應無聲
	丟置咧桌仔腳	彈之兮桌兒下
	丟置	彈之
	眼尾甩	眼尾使
	外多	若濟
	白開水	白滾水
	加後的代誌	滋好兮大致

	如蒼蒼	縷蒼蒼
7	你的	爾兮
	和你的首	偕爾兮手
	給你騙不知	予爾騙不知
	我的	我兮
	找她	尋伊
	要找	要尋
	找著	尋得
	那會	奈兮
	哪通	奈當
	哪有	奈有
	深坑	深更
	走那位去	行它位去
	肖想	痟想
	瘋女人	痟諸某
	瘋男人	痟諸甫
	發瘋	起痟
	裝肖為	裝痟兮

8	
那是日頭漸漸要落山	若是日頭漸漸要落山
走入	行入
散吃	散食
迄逃	蹉跎
含慢	頇瞞
坎站	坎塹
屁股	胯膾（舟偏旁改為肉字邊，辭海無此字，彙音寶鑑曰肛門也）
找無岫	尋無巢
紅吱吱	紅炬炬
即嗎	今兒
嘛毋知影	也不知也
無底看	無地看
把他	教伊『往事何必越頭看　教伊當作夢一般』
呢	耳
彼平	彼爿
彼多	兮濟
免想	莫想
他尚界勇	伊上界勇

	尚不通	上不當
	尚感	上嗟（怨嗟）
	並段	笨憚
	始忠	始終（布袋戲誤死忠）
	呵老	阿諛
	空嘴咬舌	空嘴哺舌
	拍碎的	紡碎兮
	鬱卒來心招糟	鬱積來心齊糟
	明天	明兒哉
9	甭問	莫問
	麥擱卡	莫擱敲
	不如甭熟悉	不如莫熟悉
	目屎像雨水滴袂煞	目屎像雨水滴未遂
	若有	奈有
	相識	熟悉
	查某仔	諸某子
	用磚仔砌	用磚兒輩
	很傻	真愿

10	記治	記之
	祝多	滋濟
	珍動	珍重
	笑虧	笑詼
	唇	茨
	逆待	虐待
	追甲	躍到
	鬥陣	湊陣
	目高	目懸
	捉準	抓準
	站置遐	企之兮
	站久	企久
	時陣	時瞬
	打噴嚏	打【噻】嗅
	咻一點仔香水	嗅一點香水
	為記	遺記
	俐落	流利
	按怎	焉怎

12	只剩	只存
11	挺好	頂好
	有淡薄仔累	有淡薄兒慄
	唸咪	連鞭（馬上）
	頭累累	頭戾戾
	採工	彩功
	剪刀	鉫刀
	巢穴	巢窟
	英著風飛沙	攖得風飛沙
	啊	矣
	這存	茲瞬
	多麼	若爾
	即會	茲兮
	足多	滋濟
	這麼	滋爾
	迺來迺去	旋來旋去
	流稱汗	流[氵靚]汗（冒冷汗，《康熙字典》、《辭海》皆無此字、《彙音寶鑑》曰灧霜寒冷，同清）

今兒	今兒
達工卡電話	逐工敲電話
稍多	稍濟
焦急	著急
有酒矸通賣無	有酒缸當賣否
恬酒場中	塾酒場中
晚暝	暗晚
心內越孤單	心內愈孤單
熊熊、雄雄	狠狠
無愛你	不愛爾
無停	不停
無了時	不了時
無分	不分
無未	不要
無期待	不期待
嫁給他	嫁予伊
甘講	曷講
敢知	曷知

13	羨慕	欣羨
	洽詛	恰則
	較輸	恰似
	較好	恰好
	幾個	幾兮
	一個	一兮
	放置	放之
	記住	記之
	企之	企之
	住在	滯之
	什路用	孰錄用
	磨樂	忙碌
	無路用	不錄用
	軟孱	軟瘠（軟弱）
	爛田準路行甲這艱苦	爛田准路行到滋艱苦
	喊	嘩（茲款嘩未出聲兮痛，真心話，秀蘭馬雅）
	推你	搠爾
	喬	鍬（鍬，臿也，鐵鍬）

章	原字	改字
14	銅板	銀角
	摻摻做伙	攬攬做伙
	嘟好	度好
	賭這大	博茲大
	僥雄	梟雄
	聞著	鼻著
	著愛	得要
	說真話	講真話
	踅夜市	旋夜市
	歸暝	舉晚
	暝日	晚日
	暗暝	暗晚
	著忍耐	得忍耐
	躲在	密之
	莊腳	庄下
	煙吹	薰吹
	奧鹼菜	漚鹼菜
	遂來	遂來

15	誰人	孰人
	誰知影	孰知也
	草笠	葵笠〈葵笠：用蒲葵製成的笠帽。〉葵扇：用蒲葵製成的扇子。亦稱為「芭蕉扇」。
16	撒嬌	使奈
	太憨	稍愿
	憨憨迺	愿愿旋
	螞蟻	蚼蟻
	難道	曷講
	熾熾	熠熠
	親彩	請裁
	到擔	到耽（至今）
17	心愈耕	心愈撐
	還未醉	猶未醉
	蓮	輾（軟）（花若離枝隨輾去）
	撿到	撿得

	縮	躁（溪邊縮—溪邊躁）（躁形容詞：性急、不冷靜。如：「暴躁」、「煩躁」、「急躁」。論語・季氏：「言未及之而言，謂之躁。」狡猾。易經・繫辭下：「躁人之辭多。」躁動詞　擾動。淮南子・精神：「七月而成，八月而動，九月而躁，十月而生。」三國・魏・王基・戒司馬景王書：「心靜則眾事不躁，思慮審定，則教令不煩」
18	轉頭	旋頭
	歸條街	舉條街
	歸日	舉日
	歸眠	舉晚
	歸山拼	舉山屏
19	閃爍	閃熠
	擲手	彈手（一箍手底彈手沉落去）
	嘸氣	厭棄
20	濕一個	吸一分（醉彌勒—攏來飲酒吸一下吸一下，心涼脾土開嘿）
30	鬱卒	鬱積

sofia（2008/05/15）

八五之五、教育部臺灣閩南語推薦用字（第2批）有感

教育部推薦第二批台灣文字，仔細看一下，實在很傷心，教育部官員，爾俸爾祿，民脂民膏，焉能不如臨深淵、如履薄冰，力求匡正，涵養後進耳？

蘇菲亞不揣，特獻所學如下：

㈠、

教育部推薦：按怎

蘇菲亞推薦：焉怎

㈡、

教育部推薦：袂

蘇菲亞推薦：未

袂：盛服也。古文袂指盛裝。形容詞。

教育部所用袂為動詞，與古文辭意相差甚遠，教育部學者學識如此專精，真是驚人！

(三)、

教育部推薦：會當

蘇菲亞推薦：兮當

(四)、

教育部推薦：月娘笑阮戇大呆、日頭佮月娘

蘇菲亞推薦：月娘笑我愿大呆、日頭偕月娘

(五)、

教育部推薦：遐hiah、（那麼）遐濟、遐慢、遐爾hiah-n.、遐爾燒、遐爾許呢

蘇菲亞推薦：兮、（那麼）兮爾濟、兮爾慢、兮爾hiah-n.、兮爾燒、兮爾苦耳

遐：遠也，形容詞，音蝦，上聲

兮是虛字、副詞，音虛，平聲

教育部假借遐，本人認為不適當。兮爾乃虛字，散見唐宋八大家古文之中。

(六)、

教育部推薦：陰鴆im-thim、

蘇菲亞推薦：陰沉

古文並無「陰鴆」之遺辭用字。

(七)、

教育部推薦：有孝iu-hau.-hau有孝序大人、有孝爸母

蘇菲亞推薦：友孝iu-hau.-hau友孝序大人、友孝父母

古文並無「有孝」、「爸母」之遺辭用字。

(八)、

教育部推薦：甲kah、得食甲足飽、講甲足投機

蘇菲亞推薦：到、得食到滋飽、講到滋投機

古文並無「食甲」、「講甲」之遺辭用字，甲、到音近，此乃淺人誤用，後人將錯就錯之故。

(九)、

教育部推薦：毋甘、甘願

蘇菲亞推薦：不甘、甘願

古文並無「毋」、之字，此乃後人添加之字。

(十)、

教育部推薦：敢kam、難道、是否、敢講這是真的、你敢欲去

蘇菲亞推薦：曷kam、曷講茲是真也、爾曷要去

曷：凡曷發音諸葛亮之葛，葛、敢音近，此乃淺人誤用，後人將錯就錯之故。

(十一)、

教育部推薦：尻脊kha-tsiah、ka-tsiah後背：尻脊骿、毋通加脊、尻脊後講人閒仔話

蘇菲亞推薦：胯跡kha-tsiah、ka-tsiah後背：胯跡骿、不當胯跡後講人閒兮話

胯跡：足跡，古文並無「尻脊」、之遺辭用字，教育部高居廟堂，竟如淺人誤用，且將錯就錯，實屬不該。

(十二)、

教育部推薦：空khang、好處、賺頭、利益、誠好空、歹空、好空鬥相報

蘇菲亞推薦：孔khang、好處、賺頭、利益、真好孔、歹孔、好孔湊相報

孔榫是工匠的技術，引申為工作、利潤。

請參考蘇菲亞所著「台灣的語文文字卌四、好康鬥相報抑是好孔湊相報？」

(十三)、

教育部推薦：規氣kui-khi、乾脆、規氣、倩人較歸氣、直、按呢較規氣

蘇菲亞推薦：歸去kui-khi倩人恰歸去、焉爾恰歸去

本人認為，淺人誤用陶淵明「歸去來兮」之意，，後人將錯就錯之故。

(十四)、

教育部推薦：娘囝niu-kiann、nio-kiann娘子、妻子、好娘囝、娘子本字

蘇菲亞推薦：娘子

古文並無「娘囝」之遺辭用字，囝乃地方用語，嬰之別字，閩南地區漢人因淺人誤用，後人將錯就錯之故。

（十五）、

教育部推薦：蚵、蠔、牡蠣蚵仔麵線、蚵蠔習用字。蚵仔煎本字為「蠔」。

蘇菲亞推薦：蠔兒煎。蠔，凡豪皆音（豪爽）之豪，蚵音可，蠔，音豪，北京語、漢語，之音差距甚遠，但是蚵之北京語接近漢文蠔，淺人誤用，後人積非成是、將錯就錯，此之所以蚵、蠔通用之故。

（十六）、

教育部推薦：啥物siann-mih、sa/sia/sann/、sim/sam/siann、什麼啥物代誌啥麼

蘇菲亞推薦：孰爾siann-mih、sa/sia/sann/、sim/sam/siann、孰爾大致耳

啥乃北京語文，古文典籍並無此字。

（十七）、

教育部推薦：思慕的人、共思慕园佇心肝底

蘇菲亞推薦：思慕兮人、將思慕放之心肝底

（十八）、

教育部推薦：斟thin、斟、倒（茶）斟茶、斟酒·訓用字

蘇菲亞推薦：填thin、填（茶）填酒

斟酌、填茶水，發音天差地遠，教育部學者何以出此差錯，令人不解。

（十九）、

教育部推薦：在、住我踮遮等你、恁兜踮佗位

蘇菲亞推薦：之、滯我墊茲等你、爾都之它位

（二十）、

教育部推薦：牢tiau、欄圈、牢、附著、錄取牛牢、掠予牢、黏牢、考牢大學椆、稠訓用字

蘇菲亞推薦：著tiau、抓乎著、黏著、科中大學寮

(二一)、

教育部推薦：滇t.nn、滿、溢傷滇、斟予滇淀本字

蘇菲亞推薦：填。

滇只是名詞並無、滿、溢等義。

學者應該了解文字的本意，不可無限引伸。

(二二)、

教育部推薦：佗位to-u.toh-u.、哪裡、欲去佗位、學校佇佗位、叨位借音字

蘇菲亞推薦：它位to-u.toh-u.、要去它位、學校之它位

（請參考蘇菲亞所著台灣的語言文字六四、都位抑是它位？）

(二三)、

教育部推薦：喙脣tshui-tun、嘴脣、喙脣

蘇菲亞推薦：嘴唇。

(二四)、

教育部推薦：才tsiah、到今你才知、拄才

蘇菲亞推薦：之tsiah、到今你茲知、抵茲、驟即（剛才）

(二五)、

教育部推薦：遮tsiah、這麼遮緊、遮爾tsiah-n.、多麼、這遮爾.、遮爾遮呢、借音字、麼大這呢、本字（即爾）

蘇菲亞推薦：滋tsiah、滋爾緊

(二六)、

教育部推薦：女紅、教查某囝做針黹、針黹真幼路

蘇菲亞推薦：女工「婦女四德之一，婦容，婦德、婦工、婦言」、教諸某嬰做針黹、針黹真幼乎

乎、語尾助詞，淺人誤用為喔，針黹真幼乎乃漢文，淺人誤用為針黹真幼路，後人積非成是、將錯就錯。

(二七)、

教育部推薦：蹛tua、在、住蹛飯店、蹛佇遮、帶、滯借音字

蘇菲亞推薦：滯tua、滯之飯店、滯之茲

蹛，字典無此字，教育部學者為何採用字典所無之字，令人費解。

滯：1、停留、靜止。

淮南子・原道：「是故能天運地滯，輪轉而無廢。」

文選・何晏・景福殿賦：「鳥企山峙，若翔若滯。」

2、凝聚、積聚。

周禮・地官・廛人：「凡珍異之有滯者，斂而入于膳府。」

新唐書・卷九十七・魏徵傳：「尚書省滯訟不決者，詔徵平治。」

3、不流通。如：「凝滯」、「積滯」。

由上可知，滯，散見古文經典之中，恰合乎形音義之漢文原則。

(二八)、

教育部推薦：倚ua、靠近、依靠、倚晝、相倚、倚靠本字

蘇菲亞推薦：偎ua、靠近、偎靠、相偎

(二九)、

教育部推薦：怨恨、悲嘆、怨嘆月暝、毋免怨嘆

蘇菲亞推薦：怨嘆月晚、不免怨嘆

(三十)、

教育部推薦：鬱卒ut-tsut、抑鬱、苦悶，有夠鬱卒本字+借音字

蘇菲亞推薦：鬱積ut-tsut、抑鬱、苦悶，有夠鬱積

古文典籍並無鬱卒，但有鬱積，卒、積音近，此乃淺人誤用，後人積非成是、將錯就錯之故。

sofia（2008/05/03）

八六、囝仔抑是嬰兒？

台灣的流行歌詞常出現名詞後面加一個仔，發音「阿」，例如囝仔，到底囝仔這個字應該如何發音？

翻閱字典如下

(一)、說文解字：無「囝」、「囡」兩字。

(二)、彙音寶鑑：無「囝」字。囡：吳女呼女曰囡也

(三)、康熙字典：無「囡」字。

囝：集韻：九件切音蹇，閩人呼兒曰囝。

集韻：魚厥切音刖，同月，唐武后作。

(四)、電子辭典：

1、閩南方言：(1)稱兒子。集韻・上聲・獮韻：「囝，閩人呼兒曰囝。」如：「大囝」。(2)稱兒女。如：「囝孫」。或讀為ㄋㄢ nan。

2、即月。唐朝武則天所造的字。同「月」。集韻.入聲.月韻：「月，唐武后作囝。」

由以上字典，可以得知，唐朝之前無「囝」字，武則天造囝字，意思是刖，砍頭的意思，發音月娘的月。

到了宋朝的集韻又出現第二個發音（蹇），到了日據時代的台灣彙音寶鑑才出現「囡」，發音接近嬰兒的嬰。

所以漢朝並無囝、囡兩字，武則天創造囝，砍頭之意，宋朝紀錄閩人呼兒曰囝，民國初年彙音寶鑑出現「囡」。

囝、囡無中生有，由無至有，形滋生，音劇變，義扭曲，如霧裡看花，不知始終。

本人研究台灣語文數年，發現許多虛字「仔」，乃受北京語虛字「兒」影響，比如「一條手巾仔」，北京語發音「一條手巾兒」，台灣人發音「一條手巾阿」

再如「歌仔戲」，北京語發音「歌兒戲」，台灣人發音「歌阿戲」，正確應是「歌兒戲」。

三如「樓仔厝」，北京語發音「樓兒厝」，台灣人發音「樓阿厝」，正確應是「樓兒茨」。兒、阿音近，漢語無捲舌音，也無輕唇音，如皮膚之膚，孵蛋，台灣人發音都有困難，常常說成皮呼、呼蛋，此乃漢語無捲舌音，也無輕唇音之故，因此捲舌音「兒」，說成「阿」就有跡可循，想必是漢人受胡語影響所致。

「囝仔」北京語發音「嬰兒」，台灣人發音「嬰阿」，雖然文字一樣，但是兒的發音胡漢各異，胡語發音「ㄦ」，漢語發音「ㄌ˙」揚平聲，嬰兒漢語發音「嬰阿」，想必受胡語影響所致。

蔣經國時期，港片侵台，受粵語影響，「囝」、「囡」「仔」等等方言蔚為風氣，台灣漢語深受港片影響，囝仔成為嬰兒的時髦用詞。

事實上，粵語「囝仔」與漢語「嬰兒」發音天差地遠，不知道台語的作詞家為何採用此詞？

又如「啊」、「唉」其實是古文中的虛字「矣」，發音「ㄚ」。

另「呀」是古文中的虛字「也」，發音「˙ㄧㄚ」，白話文消滅漢文於不知不覺中。

近日，埋首於匡正台語流行歌詞，發現許多離奇的遣辭用字，我以為伍百應該錯別字最多，沒想到伍百的文字還算水準之上，文字涵養最好的是吳念真，那麼多首歌詞，我只改一個字，最光怪陸離屬白冰冰，只能以白丁來形容其遣辭用字，真是讓我大開眼界，也讓我了悟宋朝以來，宋詞、元曲、雜劇等文字的演變，與白丁加入作詞有關。

許多藝人才華不容置喙，但是文字涵養不敢恭維，錯字在藝人的才華之下，反而鳩佔鵲巢，流傳下來，形成所謂的別字。

匡正近三百首流行歌詞，愈改愈傷心，台灣的作詞家採用俚俗的用字，不自覺的摧毀典雅高貴的漢文風采，而無人聞問，為什麼政府對台灣的語文發展漠不關心，曷講（難道）是殖民地兮悲哀乎！

埋首於台灣文字匡正，像在補破網，破到滋爾大空，何時茲補兮填耳？

（2008/05/13）

八七、到擔抑是到耽？

台灣人常說的到擔，白話文「至今」，到底正確的文字為何？

翻閱諸多字典如下：

(一)、《說文解字》：聸：古祇做耽，後改為聸。垂耳也。

(二)、《康熙字典》：眈，偏旁為日，並非目，想必是錯別字。

宋朝玉篇：丁含切，音耽。眈，偏旁為日，並非目，想必是錯別字自此開始。

篇海：日晚色

(三)、彙音寶鑑：眈，晚也，延習玉篇、篇海、康熙字典等紀錄。

(四)、電子辭典：耽：

1、延遲、滯留。如：「耽誤」、「耽擱」。

2、沉迷。如：「耽溺」。文選・枚乘・七發：「意者久耽安樂，日夜無極。」

清・張爾岐・辨志：「耽口體之養，徇耳目之娛。」

3、耳朵大而下垂。淮南子・墬形：「夸父耽耳，在其北方。」

4、快樂。禮記・中庸：「兄弟既翕，和樂且耽。」鄭玄・注：「亦樂也。」

由以上字典得知，古來有耳偏旁的耽，無日偏旁的眈，從宋朝之後出現錯別字，日篇旁的眈，沿用至康熙字典，乃至彙音寶鑑，今更正為耽擱的耽。

台灣口中的到耽，傳承古風，也是有時間耽擱之意。

（2008/05/16）

八八、臭屁抑是粗鄙？

近日從台灣的流行歌詞，研究台灣語文，我時常在想，台灣人說著高貴典雅的漢文，為何予人粗鄙的印象。

原來與歌詞文字有關，台語流行歌，歌詞錯字連篇，許多作詞家行文不吝粗鄙，嘩眾取寵、引以為豪，遠離漢文儒雅、敦厚，意正辭嚴的古風。

官家任其自生自滅，民間有如脫韁野馬，恣意妄行，台語歌詞更顯得不三不四，不忍卒睹。

這些歌詞環繞耳際，予人粗鄙印象自是理所當然，小蔣統治台灣，官家運用鄉土文學羞辱台灣人，民間歌曲粗俗鄙陋自我羞辱，官民交加逼迫，台灣人高貴得起來嗎？

小蔣愛台灣嗎？

由台灣語文發展看來，小蔣政治迫害，文化羞辱，兩者交相加諸台灣人，無所不用其極，但是台灣人口中卻滿懷感激與愛戴，民間友人形塑蔣經國親民愛民，十大建設形塑蔣經國經濟功勞，台灣人的語文遭到消滅，還對人歌功頌德，台灣人是白癡嗎？

每次電視上看到馬英九談起蔣經國就哽咽的畫面，歷史將如何評論馬英九的舉止呢？

我不禁可憐這位廿一世紀的再世潘安，怎麼有人臉蛋長這樣，腦袋長這樣？

俊美的臉蛋為他贏得二〇〇八台灣政權，空白的腦袋將為他寫下怎樣的歷史？恐怕這位帥妞無暇顧及吧！

言歸正傳，粗鄙該如何發音呢？

由粗鄙聯想到卑鄙，卑鄙發音「ㄅㄧ，ㄆㄧ」，那麼粗鄙發音「ㄔㄡ，ㄆㄧ」，不就是北京語的臭屁嗎？

漢人高貴典雅的罵人「粗鄙」，胡人口中竟然變成「臭屁」，滿清一朝268年，語言轉變就在胡漢白丁口中流轉成為今天不三不四、非漢、非胡、似漢、似胡的語言。

從粗鄙轉變臭屁，我想到將來台灣語文如何輸入電腦？

國語的注音文是聲韻學大師章太炎仿效古音韻而成，台灣漢文可以承續這套系統，多加一些韻母、聲母、聲調即可，方便又速成。

事實上，胡語、漢語非常接近，只是一些韻母、聲母、聲調，稍有差異而已，只要微調一下就能成為台灣漢文，寄望將來台灣漢文也能輸入電腦，成為人人手中行文的利器，不知道有哪一位電腦專家能將我的想法付諸行動？

（2008/05/19）

八九、著猴抑是弔猴？

台灣人罵孩童嘻鬧、過動曰「著猴」，到底是著猴、抑是得猴？

翻開字典查到「弄鬼弔猴：存心搗蛋，耍花招、搞花樣。」

《紅樓夢・第四十六回》：「又怕那些牙子家出來的，不乾不淨，也不知道毛病兒，買了來家，三日兩日，又弄鬼弔猴的。」或作「弄鬼掉猴」

電子辭典「弄鬼弔猴」接近台灣人著猴「卵蔓」之意。

弔與著、得聲母同，韻母接近，所以正確的文字是「弔猴」，白丁、淺人誤用「著猴」，後人因循苟且、積非成是，演譯成著猴，希望台灣人糾正。

古人每年於廟堂占卜、問卦，所得卦象「豐」，就是得豐，所得卦象「烖」，就是得烖，該年不是災害就是溫疫，得烖讓動物反常，人也反常。

國語的調皮搗蛋，便是台灣人口中的「卵蔓」，「卵蔓」是普通級，比較級「弔猴」，最高級便是「得烖」，非不得已，不可濫用。

為什麼我會想到「卵蔓」、「弔猴」、「得烖」這些字眼？

漢文稱藏青色，胡語稱藍色，漢人居喪大孝服藏青色衣裾，官家著黑色朝服，到滿清一朝，承襲兩千年，一成不變，黑色至尊極貴，祭天、地、鬼、神以及太廟皆著黑色朝服，服飾顏色代表階層，此乃漢風。

惟至民國之後，白話文運動掃除古風殆盡，連婚喪喜慶之服色，亦不講究，兩蔣在台灣的喪禮，蔣家後人著黑服，戴墨鏡，皇家服儀逆天行事，無人敢置一喙。

兩蔣喪禮影響台灣外省人的喪禮儀式，然而，絕大多數的台灣人承襲古風，衣、帽、鞋、履均延襲古制，甚少更改，尤其是道教儀式，連頌詞、語彙均可追尋自唐宋八大家之古文運動遺風，台灣人遵承漢人嚴謹古風，不遺餘力，謹守本分，恥以踰矩，台灣人處處展現漢風，外省人處處展現胡風而不自覺。

五二〇當天，當周美青穿著寶藍色套裝出現在媒體，我眼前一暗，真是「歹吉兆」，這種顏色是台灣人於喪禮大孝者所穿的服飾，怎會出現在國家大慶之日？

聽到記者以「尊貴」、「雍容」、「儉樸」形容周美青，不免江意主播為何？

四年前此人曾開一個節目「大家相招來幹譙」，之後消聲匿跡，四年後又出現在國家大慶，我看此人人品不錯，對語言、文字怎會如此低能，一再出錯呢？

「尊貴」、「雍容」、「華貴」怎會與「儉樸」一起出現？

再說，再怎樣，「尊貴」、「雍容」、「華貴」也輪不到周美青，媒體前周美青，削瘦的臉頰予人憔悴的感覺，偷撇媒體的大眼睛予人驚慌的神情，就像一朵乾燥花，永別露水滋潤。

一位再世潘安馬英九，怎會讓他的妻子如此枯萎？

而媒體竟然形容這位乾燥花第一夫人「尊貴」、「雍容」、「儉樸」，不是精神分裂，就是故意搗蛋，藍媒會對馬英九夫人搗蛋嗎？

不會！

一位初習寫作者，將所有形容詞套用在一起，而不自覺堆砌，一位暴發婦，將所有珠寶穿戴在身上，而不自覺庸俗，阿扁八年執政讓台灣媒體陷入歇斯底里，幾近抓狂而不自覺，馬英九炫風，讓台灣媒體陷入瘋狂，幾近低能而不自覺。

飽讀詩書的讀書人會像市井無賴一下子歇斯底里，一下子智障低能嗎？

台灣媒體人飽讀詩書嗎？有士人之風嗎？

日後八年將是馬英九也瘋狂，歷史印記著台灣媒體人瞻仰馬英九風采，飄飄欲仙，不知何所以，媒體「弔猴」、乃至「得裁」至此，偉哉！台灣媒體人烙印如此輝煌的青史！

除了馬英九炫風，台灣已經出現胡溫炫風，今天下午偶然收看國民大會，于美人說她聽到溫家寶向四川災民喊話「黨沒有忘記你們」、「不要忘記軍隊是人民養的」，不自覺感動落淚。

看到這裡，啼笑皆非，于美人恐怕未深思旋外之音。

總理大臣既然說「黨沒有忘記你們」，表示該國黨高於國，表示平時黨是遺忘人民的，不是嗎？

總理大臣說「不要忘記是人民養的」，表示軍隊已經忘記民脂民膏了，總理大臣摔電話，表示軍隊難以指揮，不是嗎？

四川大地震，震出中國諸多問題，溫家寶幾句話道盡了共產黨的危機，這個蠢女人居然感動落淚，不是反常是什麼？反常不就是得裁，不然是什麼？

台灣人陷入媒體瘟疫，人人驚恐，避之唯恐不及，神色倉皇如驚弓之鳥卻是媒體捕捉的焦點，暴利的來源，台灣媒體它一年茲兮去「得裁」而得豐耳（呢）？

（2008/05/24）

許是周美青看過這一篇文章，昨天媒體出現周美青一襲黑套裝出現在國宴，領口一塊三角形的藍色襯領，黑色衣衫加藍色領口，很像太監的服裝，周美青怎會喜歡雌雄莫辨的服色呢？

（2008/07/03）

九十、偕伊、佮伊抑是教伊？

「教伊」是台灣人常說的話，許多台語研究者常常混淆為「偕伊」、「佮伊」，台語流行歌詞甚至出現「甲伊」、「假伊」等淺人白丁的用詞。

事實上「教伊」之詞淵遠流長，始自唐朝的佛經，盛於南朝詩、宋詞令，衰於民初的白話文，委身於台語流行歌，以及歌兒戲、布袋戲，終至隱於台灣民間語言，語言的變遷與政權更迭息息相關，由此可見。

茲摘祿如下：

壹、佛經

一、禪宗的教育方法

《人天眼目》僧問：「何以即心即佛？」

祖曰：「為止小兒啼。」

曰：「啼止時如何？」

祖曰：「非心非佛。」

曰：「除此二種人來如何指示？」

祖曰：「向伊道不是物。」

曰：「忽遇其中人來時如何？」

祖曰：「且『教伊』體會大道。」

二、《虛堂和尚語錄》（卷1）

「教伊」說。又說不得。若接不得。佛法無靈驗。師云。大凡病豈止乎三種。玄沙恐人不能接。又憂佛法無靈驗。老僧不惜眉毛。試接此三種人看。卓主丈。盲聾瘖啞底近前來。又卓主丈。不得孤負老僧。更若不會。又與爾下箇註腳。卓主丈。平生肝膽向人傾。相識渾如不相識

三、《圓悟佛果禪師語錄卷・第十三》

有時「教伊」不揚眉瞬目。有時「教伊」揚眉瞬目是。有時「教伊」揚眉瞬目不是。

四、《五燈會元・卷3》

曰：「忽遇其中人來時如何？」師曰：「且『教伊』體會大道。」

五、《續傳燈錄》（卷二十）

卻向古廟裏避得過。請益本。本云。此是臨濟下因緣。須是問他家兒孫始得。……皆有悟入處「教伊」說亦說得有來由。舉因緣問伊亦明得。「教伊」下語亦下得。秖是未在。師於是大疑。私自計曰。既悟了說亦說得。明亦明得。如何卻未在。

貳、唐詩宋詞

一、李商隱〈寄遠〉

姮娥搗藥無時已，玉女投壺未肯休。
何日桑田俱變了，不「教伊」水向東流。

二、晏幾道〈菩薩蠻〉

個人輕似低飛燕，春來綺陌時相見。堪恨兩橫波，惱人情緒多。
長留青鬢住，莫放紅顏去。佔取艷陽天，且「教伊」少年。

三、歐陽修〈洞仙歌令〉

情知須病，奈自家先肯。天甚「教伊」恁端正。憶年時、蘭棹獨倚春風，相憐處、月影花相映。
別來憑誰訴，空寄香箋，擬問前歡甚時更。後約與新期，易失難尋，空腸斷、損風流心性。
除只把、芳尊強開顏，奈酒到愁腸，醉了還醒。

「醉蓬萊」
見羞容斂翠，嫩臉勻紅，素腰嫋娜。紅藥闌邊，惱不「教伊」過。半掩嬌羞，語聲低顫，問道有人知麼。強整羅裙，偷回波眼，佯行佯坐。
更問假如，事還成後，亂了雲鬟，被娘猜破。我且歸家，你而今休呵。更為娘行，有些針線，誚未曾收囉。卻待更闌，庭花影下，重來則個。

參、台語流行歌

一、悲情的城市

作詞：葉俊麟　作曲：日本曲

心稀微在路邊，路燈光青青，若親像照阮心情，暗淡無元氣，彼當時伊提議要分離，因何我兮不來「教伊」阻止，矣！被人放捨兮小城市，寂寞月暗晚

二、山頂黑狗兄

阮兮貼心黑狗兄　逍遙自在真好命，姑娘聽著心肝神魂對伊行，央三拖四「教伊」求親情。

（2008/07/18）

肆、台灣歌兒戲

一、台灣歌兒簿—七字兒《李哪吒抽龍筋歌　下本》

李靖師父杜惠師　亦有「教伊」五行符　閣兮騰雲甲駕霧　武藝學甲歸身軀……哪吒師父太乙仙　伊早太乙有仙緣「教伊」武藝全能變　七歲囝仔恰肴仙

九一、稍誇抑是稍許

台灣人口中的淡薄兒，一銖珠兒與「修誇兒」意思雷同，淡薄兒，一銖珠兒從文言文之中輕易找到正確的漢文，唯獨「修誇兒」，各家辭典版本各異。

五南圖書出版的閩南語辭典作「稍誇」，雖然音同，但是，古文之中並無「稍誇」的用詞，個人認為「稍許」是為正確之文字。

稍、小漢文同音，苦、許漢文同音，誇、苦漢文聲母同，韻母一半同，古文有稍，無稍許，稍許兩字始自清末老殘遊記，想必受白話文影響所致。

稍許不僅出現在台灣的日常語言，在中國話、北京語古裝戲中也是常見用語，台灣的白丁將典雅的文言誤為其他文字尋常可見，稍許誤為稍誇不過其中一例。

又，台灣人口中的很……，真……，比如：很重，正確的文字是「稍重」〈淺人白丁誤為傷重〉，又如：很刻薄，正確的文字是「稍刻薄」〈淺人白丁誤為傷刻薄，或是商刻薄〉，三如：稍等一下，正確的文字也是稍等一下〈淺人白丁誤為小等一下〉，四如：很多，正確的文字也是稍濟〈淺人白丁誤為傷濟〉。

漢文「稍」與「微」是同義字，「稍微」則是同義疊詞的用法，「稍微」原是士林中人自謙的用法，漢文失落政權四百年，淪落至台灣的淺人白丁的口中成為相反的意思，語文變遷由此可見一般。

（2008/07/18）

九二、流清汗抑是流「濪」汗？

北京語「冒冷汗」，台灣人說流「濪」汗，北京語「ㄑㄧㄥˋ」，漢語「ㄑㄧㄣˋ」，韻母稍有差異。

「靚」說文解字p563，冷寒也，冷寒者冷之寒，同寒，而有別也，吳人以冷為「渹」，「靚」如今已不復見諸國語辭典。

東漢說文解字「靚」冷寒也，宋朝廣韻「靚」冷也，「清」溫清，清朝康熙字典「靚」，冷也，楚人謂冷曰「靚」，民國四十三年台灣的彙音寶鑑「清」，涼也，少了見，「靘」，冷寒也，見變成色，台灣的彙音寶鑑「ㄑㄧㄠ」美艷也，客家人說「ㄐㄧㄠ」美，想必是「靘」美這兩字，廣東話「ㄌㄤ」女，「靘」女。

由以上語音演變可知「靚」、「靘」差異之所在。

從文字的演變至流失，由諸多辭典可知端倪，東漢「靚」，宋朝「靚」，清朝「靚」，民中「清」，「靘」，現今已不復見諸國語辭典。

白話文消滅漢文又見一例。

(2008/10/3)

九三、掛籃抑是簋籃？

掛籃，台灣人又稱「謝籃」，祭祀或是婚嫁所用之重要器皿。

簋ㄍㄨㄟ

壹、電子辭典

1、古代祭祀時盛黍稷的圓形器皿。
周禮・地官・舍人：「凡祭祀，共簠簋，實之陳之。」
鄭玄・注：「方曰簠，圓曰簋，盛黍稷稻粱器。」
漢・王符・潛夫論・讚學：「夫瑚簋之器，朝祭之服，其始也，乃山野之木，蠶繭之絲耳。」

2、簠簋ㄈㄨˇ ㄍㄨㄟˇ古代祭祀盛稻粱黍稷的器皿。青銅製，長方形，有四短足，有蓋。

3、大豐簋、宜侯夨簋初期的青銅器。

4、簠簋不飾比喻做官不廉潔。
漢書・卷四十八・賈誼傳：「古者大臣有坐不廉而廢者，不謂不廉，曰：『簠簋不飾』。」或作「簠簋不飭」。

貳、《彙音寶鑑》

簋：簠簋盛黍，與「鬼」同音，漢語發音「ㄍㄨㄟˇ」。
由電子辭典中可知「簠簋」至東漢鄭玄之時仍是漢文中所常見，形狀與用途與今天台灣人口中的「謝籃」完全一致。

篕籃「ㄍㄧㄨˊ」與掛籃「ㄍㄨㄚˋㄛ」韻母稍微走音，但是非常接近，想必是淺人白丁誤用。另，清明節家家戶戶必備的「篕」紙，祭祀用紙。淺人白丁誤用「跪紙」，亦是一例。

（2008/10/10）

參考資料

《說文解字注》，頂淵文化出版，九十二年8月
《台灣閩南語辭典》，五南圖書出版，九十年1月
《宋本廣韻》，黎明文化出版，六十五年9月
《彙音寶鑑》，文藝學社出版，四十三年12月
《康熙字典》，正業書局出版，九十五年1月
《國語辭海》，光田出版社出版，九十年2月

國家圖書館出版品預行編目

臺灣的語言文字 / 蘇菲亞著.--一版.--臺北市:
秀威資訊科技, 2008.11
面； 公分.--(語言文學類 ; PG0208)
BOD版
參考書目 : 面
ISBN 978-986-221-103-8 (平裝)

1.臺語　　2.詞彙

803.32　　97019761

語言文學類　PG0208

臺灣的語言文字

作　　者 / 蘇菲亞
發 行 人 / 宋政坤
執行編輯 / 賴敬暉
圖文排版 / 陳湘陵
封面設計 / 莊芯媚
數位轉譯 / 徐真玉　沈裕閔
圖書銷售 / 林怡君
法律顧問 / 毛國樑　律師
出版印製 / 秀威資訊科技股份有限公司
台北市內湖區瑞光路583巷25號1樓
電話：02-2657-9211　　傳真：02-2657-9106
E-mail：service@showwe.com.tw
經 銷 商 / 紅螞蟻圖書有限公司
台北市內湖區舊宗路二段121巷28、32號4樓
電話：02-2795-3656　　傳真：02-2795-4100
http://www.e-redant.com

2008 年 11 月　BOD 一版
定價： 370 元

讀　者　回　函　卡

感謝您購買本書，為提升服務品質，煩請填寫以下問卷，收到您的寶貴意見後，我們會仔細收藏記錄並回贈紀念品，謝謝！

1.您購買的書名：＿＿＿＿＿＿＿＿＿＿

2.您從何得知本書的消息？

☐網路書店　☐部落格　☐資料庫搜尋　☐書訊　☐電子報　☐書店

☐平面媒體　☐ 朋友推薦　☐網站推薦　☐其他＿＿＿＿

3.您對本書的評價：(請填代號　1.非常滿意 2.滿意 3.尚可 4.再改進)

封面設計＿＿　版面編排＿＿　內容＿＿　文/譯筆＿＿　價格＿＿

4.讀完書後您覺得：

☐很有收獲　☐有收獲　☐收獲不多　☐沒收獲

5.您會推薦本書給朋友嗎？

☐會　☐不會，為什麼？＿＿＿＿＿＿＿＿＿＿

6.其他寶貴的意見：＿＿＿＿＿＿＿＿＿＿

＿＿＿＿＿＿＿＿＿＿

＿＿＿＿＿＿＿＿＿＿

＿＿＿＿＿＿＿＿＿＿

讀者基本資料

姓名：＿＿＿＿＿＿＿＿　年齡：＿＿＿　性別：☐女 ☐男

聯絡電話：＿＿＿＿＿＿＿　E-mail：＿＿＿＿＿＿＿＿

地址：＿＿＿＿＿＿＿＿＿＿＿＿＿＿

學歷：☐高中(含)以下　☐高中　☐專科學校　☐大學

☐研究所(含)以上 ☐其他＿＿＿＿＿＿

職業：☐製造業 ☐金融業 ☐資訊業 ☐軍警 ☐傳播業 ☐自由業

☐服務業 ☐公務員 ☐教職　☐學生 ☐其他＿＿＿＿